Stéphanie Maigné
May 2005

LE NEVEU D'AMÉRIQUE

Au centre de ce livre, composé comme une suite de récits autobiographiques, se trouvent les multiples voyages à travers lesquels Luis Sepúlveda retrace une vie d'errances, de rêves et d'engagements.

Enfant, il a fait une promesse à son grand-père, vieil anarchiste lui aussi exilé : retourner un jour en Andalousie, à Martos, petit village d'où ce dernier partit pour l'Amérique. Mais avant d'y parvenir, il aura parcouru le continent latino-américain en pratiquant toutes sortes de métiers, du professeur itinérant à l'écrivain de commande. Il aura rencontré nombre de personnes aux destins singuliers et aux récits fabuleux : tel aviateur du bout du monde, telle famille aristocratique sur le déclin, tel enfant qui communiquait avec un dauphin. Il aura aussi connu ses premiers engagements politiques, subi la prison et les systèmes totalitaires. Il aura, enfin, fait son entrée en littérature.

Au bout du voyage, après des années d'exil, il finit par retrouver la Terre de Feu, avant d'acquitter sa promesse et d'effectuer, en Andalousie, un retour aux sources.

Luis Sepúlveda

LE NEVEU
D'AMÉRIQUE

Traduit de l'espagnol (Chili)
par François Gaudry

Éditions Métailié

TEXTE INTÉGRAL

TITRE ORIGINAL
Patagonia Express

© Luis Sepúlveda, 1994
by arrangement with Ray-Güde Mertin,
Literarische Agentur

ISBN 2-02-031549-1
(ISBN 2-86424-222-2, 1ʳᵉ publication)

© Éditions Métailié, 1996, pour la traduction française

Notes sur ces notes

Dans la maison mexicaine de Mari Carmen et Paco Ignacio Taibo I, il y a une table immense autour de laquelle peuvent se réunir vingt-quatre invités. C'est là qu'un beau jour j'ai entendu prononcer la phrase qui donne son titre à un livre de Taibo I : " *Pour arrêter les eaux de l'oubli.* " Lorsque plus tard j'ai lu le livre, j'ai senti croître ma tendresse et mon admiration pour l'écrivain asturien et j'ai appris du même coup qu'on a beau aimer certains textes et les considérer comme une part fondamentale de son intimité, on ne peut éviter de s'en séparer.

J'ai décidé de me séparer de ces notes, compagnes d'une longue route, qui surent toujours me rappeler que je n'avais guère le droit de me sentir seul, déprimé ou abattu.

Elles ont été écrites en divers lieux et circonstances. Je n'ai jamais su comment les baptiser et ne le sais encore pas.

Quelqu'un m'a dit un jour que je devais sûrement avoir de nombreux textes dans mes tiroirs ; surpris par le propos, je demandai des explications.

– Des fonds de tiroirs, de ces annotations qu'on écrit sans savoir pour qui ni pourquoi, répondit mon interlocuteur.

Eh bien, non. Ce ne sont pas des fonds de tiroirs, car ils impliqueraient l'existence d'un tiroir, c'est-à-dire d'un bureau, or je n'ai pas de bureau. Je n'en ai pas ni ne veux en avoir, car j'écris sur une grosse table héritée d'un vieux boulanger de Hambourg.

Par un après-midi de skatt – un jeu de cartes du nord de l'Allemagne – le vieux boulanger annonça à ses compagnons que l'arthrite l'obligeait à jeter l'éponge et à fermer la boulangerie.

– Et qu'est-ce que tu vas faire maintenant, vieux radin ? demanda aimablement un des joueurs.

– Comme aucun de mes enfants ne veut prendre la relève et que mes machines ont été jugées bonnes pour la casse, je préfère tout envoyer au diable et offrir les objets auxquels je tiens encore, répondit le vieux Jan Keller, qui nous invita aussitôt après à faire la fête dans sa boulangerie.

C'est ainsi que j'ai hérité de la grosse table sur laquelle il avait pétri le pain pendant cinquante années, et c'est sur elle que je pétris mes histoires. J'aime cette table qui sent la levure, le sésame, le gingembre et le plus noble des métiers. Un bureau ? Pourquoi diable aurais-je voulu un bureau ?

Ces notes, que je ne sais comment nommer, oubliées sur un coin d'étagère et couvertes de poussière, je les retrouvais parfois, en cherchant de vieilles photos ou des documents, et j'avoue que je les relisais avec un mélange de tendresse et de fierté, car ces pages, griffonnées ou désastreusement dactylographiées, s'efforçaient de comprendre deux choses essentielles, si bien définies par Julio Cortázar : le sens de la condition humaine et celui de la condition de l'artiste.

Il est vrai qu'on trouvera ici le récit d'expériences personnelles, mais il ne faut pas y voir pour autant un exorcisme contre la maladie d'Alzheimer, car il n'est pas dans mes projets d'écrire un livre de mémoires.

Je me sépare donc de ces notes, qui abandonnèrent parfois leurs cachettes pour être publiées dans des anthologies, des revues et, dernièrement, en une édition partielle en Italie.

Elles trouvent enfin leur place dans ce volume que vous, lecteur, lectrice, tenez entre vos mains, grâce aux conseils avisés et fraternels de Beatriz de Moura.

Je vous invite à m'accompagner dans un voyage sans itinéraire fixe, en compagnie de personnages hors du commun comme le sont tous ceux qui apparaissent ici avec leur nom, et desquels j'ai tant appris et continue d'apprendre.

Lanzarote. Iles Canaries. Août 1995.

Première partie
Notes sur un voyage à nulle part

Un

Le billet pour nulle part fut un cadeau de mon grand-père. Mon bizarre et terrible grand-père. Je venais tout juste d'avoir onze ans, je crois, quand il m'a donné ce billet.

Nous marchions dans Santiago un matin d'été. Le vieux m'avait déjà payé six limonades et autant de glaces qui me gonflaient l'estomac et je savais qu'il guettait le moment où j'aurais envie d'uriner. Peut-être se faisait-il véritablement du souci pour mes reins lorsqu'il me demanda :

— Alors, petit ? T'as pas envie de pisser, bordel ? Avec tout ce que tu as bu !...

Ma réponse logique, celle que j'avais l'habitude de souligner en serrant les jambes, aurait dû avoir l'accent d'une affirmation dramatique. Et lui, crachant le mégot de Farias qui pendait à ses lèvres, aurait soupiré avant de s'exclamer sur le ton le plus didactique :

— Attends, petit. Attends et retiens-toi jusqu'à ce qu'on trouve la bonne église.

Mais ce jour-là, j'avais décidé de mouiller mon pantalon, s'il le fallait, plutôt que de supporter encore une

13

fois les engueulades d'un curé. Le gag consistant à me remplir de limonade pour ensuite me faire pisser à la porte des églises, nous l'avions maintes fois répété depuis que j'avais commencé à marcher et le vieux avait fait de moi son compagnon d'aventures, le petit complice de ses mauvais coups d'anarchiste à la retraite.

Que de portes d'églises j'avais arrosées ! Et combien de curés et de bigotes avaient pu m'insulter !

— Petit saligaud ! Il n'y a pas de cabinets chez toi ?

C'était ce que je m'entendais dire de plus modéré.

— Comment oses-tu insulter mon petit-fils, un homme libre ? Parasite ! Racaille ! Fossoyeur de la conscience sociale ! ripostait mon grand-père tandis que je secouais ma dernière goutte en me jurant que le dimanche suivant je n'accepterais pas une seule Papaya, ni une Bilz, ni une Orange Crush, ni aucune de ces limonades qu'il m'offrait avec tant de générosité.

Ce matin-là, je me montrai ferme avec le vieux :

— Si, j'ai très envie, Pépé. Mais je voudrais pisser aux cabinets.

Le vieux mordit ce qui restait de son Farias avant de le cracher. Puis il grommela " putain de merde ! ", s'éloigna de quelques pas, mais revint aussitôt et me caressa la tête.

— C'est à cause de dimanche dernier ? me demanda-t-il en sortant un autre Farias de la poche.

— Oui, Pépé. Le curé il voulait te tuer.

— C'est que ces fils de pute sont dangereux, petit. Mais, puisque c'est comme ça, on va passer à quelque chose de plus conséquent.

Le dimanche précédent, j'avais vidé ma vessie contre la porte centenaire de l'église San Marcos. Ce n'était pas la première fois que ces planches vénérables me servaient d'urinoir, mais apparemment le curé me guettait, car il m'interrompit au meilleur moment, quand il n'est plus possible de retenir le jet, et m'attrapant par le bras, il m'obligea à me tourner vers mon grand-père. Alors, montrant d'un doigt prophétique mon zizi ruisselant, le curé se mit à gueuler :

— C'est bien ton petit-fils ! On remarque la petitesse congénitale !

Quel dimanche ! J'achevai donc de pisser sur les marches de l'église, atterré de voir mon grand-père tomber la veste, relever ses manches de chemise et défier le curé aux poings, duel qui fut heureusement évité par les enfants de chœur et les bigots de la paroisse, car le curé avait lui aussi retroussé les manches de sa soutane. Quel dimanche !

Après que je me fus soulagé dans l'urinoir respectable d'un bar, le vieux décida que la meilleure façon de terminer la matinée était de nous rendre au Centre asturien, qui pavoisait le dimanche en annonçant " Haricots du pays et *cabrales*[1] de l'exil républicain ".

Pour moi, le *cabrales* était une espèce de pâte répugnante et puante que seuls pouvaient apprécier ces petits vieux à béret, qui passaient chez mes grands-parents en leur posant toujours la même question :

— Alors, il est mort le salaud ?

1. Fromage de vache comparable au bleu.

Pendant que je faisais honneur à un riz au lait, je me demandais ce qu'avait voulu dire mon grand-père en parlant de passer à quelque chose de " plus conséquent " et je frémissais en imaginant des intentions scatologiques dans les paroles du vieux. Mais mes craintes se dissipèrent lorsque je le vis entrer en compagnie de trois convives dans le salon orné du drapeau rouge et noir de la CNT. C'était de cette pièce que provenaient les livres d'Emilio Salgari, de Jules Verne et de Fenimore Cooper, que ma grand-mère me lisait les après-midi.

Je le vis ressortir avec un livre de format plus petit que les autres. Il m'appela et tandis qu'il me parlait je lus sur la couverture : *Et l'acier fut trempé*. Nicolaï Ostrovski.

— Bon, petit, ce livre tu le liras tout seul. Mais avant de te le donner, je veux que tu me fasses deux promesses.

— Toutes celles que tu voudras, Pépé.

— Ce livre est une invitation à un grand voyage. Promets-moi que tu le feras.

— Promis. Mais j'irai où, Pépé ?

— Probablement nulle part, mais je t'assure que ça vaut la peine.

— Et la deuxième promesse ?

— Un jour, tu iras à Martos.

— Martos ? C'est où Martos ?

— Ici, dit-il en se frappant la poitrine.

Deux

Une vieille chanson chilienne dit : " Le chemin a deux bouts et aux deux quelqu'un m'attend. " L'ennui c'est que ces deux bouts ne limitent pas un chemin rectiligne, mais tout en courbes, lacets, ornières et détours, qui ne conduisent nulle part.

La lecture de *Et l'acier fut trempé* – lecture lente, laborieuse – me conduisit pour la première fois dans cette région des rêves qui s'appelle nulle part. Comme tous les adolescents qui ont lu le livre d'Ostrovski, je voulus moi aussi être Pavel Kortchaguine, le héros éprouvé, le camarade Komsomol qui, au péril de sa vie, ne recule pas devant les sacrifices que lui impose sa mission de jeune prolétaire. Je rêvais que j'étais Pavel Kortchaguine, et pour faire de ce rêve réalité je devins militant des Jeunesses communistes.

Mon grand-père accepta en rechignant la perte dominicale de son petit-fils et pesta pendant des mois contre le traducteur en espagnol de *Et l'acier fut trempé*. La lecture de ce livre était censée m'entraîner sur le sentier des idées libertaires, premier pas du voyage vers nulle part.

17

Le dépit de mon grand-père dura jusqu'au jour où je lui annonçai que je n'irais pas en classe parce que nous, les élèves, avions décrété une journée de grève en solidarité avec les mineurs des puits de charbon. Je ne l'ai vu qu'une seule fois boire plus que de raison et ce fut le jour de cette grève. Eméché par le vin, il réprimait de grosses larmes en murmurant :

— Mon petit-fils fait grève, putain, c'est mon sang.

Mon grand-père. Je me souviens de la première fois où je l'obligeai à acheter un exemplaire de *Gente Joven*, la revue des Jeunesses communistes. Il lut attentivement les quatre pages et il déclara que, bien qu'elle fût publiée par une bande de suppôts du pouvoir stalinien, ce n'était pas mauvais comme premier pas vers la compréhension de l'ordre véritable :

— Pas celui que l'Etat impose, Etat de mes deux ! mais l'ordre naturel, celui de la fraternité entre les hommes.

Que je sois devenu un jeune communiste combla mes parents de bonheur, parce qu'un jeune communiste devait être le premier à l'école, le meilleur sportif, le plus cultivé, le plus poli, et à la maison, un monument de responsabilité et de travail. En chaque jeune communiste germait l'être social, collectif et solidaire, qui serait celui de la nouvelle société. Je devins ainsi une sorte de moine rouge, ascétique et ennuyeux. Un vrai fléau, me dirait des années plus tard une fille à qui j'avais demandé, fort étonné, pourquoi elle ne voulait pas sortir avec moi.

Etre un jeune communiste pendant plus de six ans signifia posséder cousu sur la peau un billet pour nulle part. Tous mes amis d'enfance connaissaient déjà leur cap ; certains iraient étudier aux Etats-Unis, d'autres en Uruguay ou en Europe, d'autres enfin se mettraient à travailler. Je n'aspirais qu'à ne pas bouger de mon poste de combat.

J'avais dix-huit ans lorsque je voulus suivre l'exemple de l'homme le plus universel qu'ait donné l'Amérique latine : le Che. Ainsi vint le moment de payer un supplément au billet pour nulle part.

Trois

J'ai toujours évité d'évoquer la prison pendant la dictature au Chili. J'ai évité d'en parler parce que la vie
m'ayant toujours paru passionnante et digne d'être
vécue jusqu'au dernier soupir, évoquer un accident aussi
obscène me semblait une façon méprisable de l'insulter.
Et puis parce que trop de livres de témoignage – la plupart très mauvais, malheureusement – ont été écrits sur le
sujet.

J'ai passé deux années et demie de ma jeunesse enfermé
dans l'une des plus infâmes prisons chiliennes, celle de
Temuco.

Le pire n'était pas l'enfermement, car à l'intérieur de la
prison la vie continuait, parfois plus intéressante qu'à
l'extérieur. Les *prigué*, les prisonniers de guerre, les
mieux préparés – on retrouvait ici la presque totalité du
corps enseignant des universités du sud –, organisèrent
plusieurs facultés, et nous fûmes ainsi nombreux à
apprendre l'anglais, le français, l'allemand, le russe, les
mathématiques, la physique quantique, l'histoire universelle, l'histoire de l'art et la philosophie. Un profes-

20

seur nommé Iriarte dirigea pendant deux semaines un séminaire passionnant sur Keynes et la pensée politique des économistes contemporains, auquel assistaient, outre une centaine de prisonniers, plusieurs officiers de l'armée. A la stupéfaction de la soldatesque qui surveillait l'atelier de cordonnerie, que nous avions baptisé Grand Amphithéâtre de l'Athénée de Temuco, Andrès Müller, journaliste et écrivain, disserta sur les erreurs militaires des communards de Paris. Genaro Avendaño, un autre illustre *prigué* – qui a été " disparu " en 1979 – bouleversa prisonniers et militaires en déclamant le discours d'Unamuno à Salamanque.

Nous pûmes même disposer d'une petite bibliothèque comportant des ouvrages sévèrement interdits à l'extérieur, grâce à l'étrange censure pratiquée par le sous-officier chargé de filtrer les livres que nous envoyaient les amis et les parents. Nous ne le remercierons jamais assez d'avoir catalogué parmi les ouvrages de secourisme *Les Veines ouvertes de l'Amérique latine*[1], véritable joyau de notre bibliothèque. Nous eûmes même des cours de grande cuisine. Comment oublier la passion avec laquelle Julio Garcés, ex-cuisinier du Club de l'Union, La Mecque de l'aristocratie chilienne, préconisait l'adjonction, à ses yeux indispensable, de fine graisse de lapin pour réussir une bonne fricassée de foie du même animal, et considérait comme fondamental de préparer le congre au court-bouillon avec le vin blanc qui serait servi à table. Des années plus tard, j'ai rencontré Garcés en

1. Œuvre d'Eduardo Galeano, Trad. C. Couffon, Plon.

21

Belgique. Il était le chef d'un prestigieux restaurant de Bruxelles et il me montra avec fierté les diplômes par lesquels le Guide Michelin avait récompensé son art. C'étaient deux diplômes élégants, qui en encadraient un troisième, écrit à la main sur une feuille de cahier : le « Michelin de Temuco » que nous lui avions décerné pour un merveilleux *soufflé de souvenirs marins*, préparé avec amour, une boîte de moules, du pain rassis et quelques feuilles d'aromates cultivés dans un pot dont nous prenions tous grand soin, afin que les chats de la prison ne mangent pas les plantes.

J'ai passé neuf cent quarante-deux jours sur cette terre de tous et de personne. Etre enfermé n'était pas ce qui pouvait nous arriver de pire. C'était une autre façon d'être en vie. Le pire arrivait, à peu près tous les quinze jours, quand on nous emmenait au régiment Tucapel pour les interrogatoires. Alors, nous comprenions que nous étions vraiment arrivés à nulle part.

Quatre

Les militaires se faisaient une idée quelque peu exagérée de nos capacités de destruction. Ils nous interrogeaient sur des projets d'assassinats de tous les généraux d'Amérique latine, de minages de ponts et de tunnels, ainsi que sur les préparatifs de débarquement d'un redoutable ennemi extérieur qu'ils ne pouvaient identifier.

Temuco est une ville triste, grise et pluvieuse. Nul ne l'imaginerait destinée au tourisme, et pourtant le régiment Tucapel devint une sorte de congrès international de sadiques. Outre les militaires chiliens, qui tant bien que mal étaient les amphitryons, assistaient aux interrogatoires des primates de l'intelligence militaire brésilienne – les pires –, des Américains du Département d'Etat, des paramilitaires argentins, des néo-fascistes italiens et même des hommes du Mossad.

Comme oublier Rudi Weismann, un Chilien amoureux du sud et des voiliers, qui fut torturé et interrogé dans le doux idiome des synagogues. Rudi, qui avait mis toute sa foi dans l'Etat d'Israël – il avait vécu dans un

23

kibboutz, mais sa nostalgie de la Terre de Feu avait été la plus forte et il était revenu au Chili – ne put supporter cette infamie. Rudi Weismann ne put comprendre qu'Israël apportât son appui à cette bande de criminels et lui qui avait toujours été la bonne humeur personnifiée, sécha sur pied comme une plante oubliée. Un matin nous le trouvâmes mort dans son sac de couchage. L'expression de ses traits rendait une autopsie inutile : Rudi Weismann était mort de tristesse.

Le commandant du régiment Tucapel – je ne cite pas son nom par un élémentaire respect du papier – était un admirateur fanatique du maréchal Rommel. Quand il trouvait un prisonnier sympathique, il l'invitait à se reposer dans son bureau. Là, après l'avoir assuré que tout ce qui se passait dans son régiment servait les intérêts sacro-saints de la patrie, il lui offrait un petit verre de Korn (il se faisait envoyer d'Allemage cet insipide alcool de blé) et l'obligeait à écouter une conférence sur l'*Afrikakorps*. Ce type avait beau être fils ou petit-fils d'Allemands, son aspect ne pouvait pas être plus chilien : trapu, court sur pattes, le cheveu noir et rebelle, il aurait très bien pu passer pour un camionneur ou un marchand de fruits. Mais lorsqu'il parlait de Rommel, il se métamorphosait en une caricature de sbire hitlérien.

A la fin de la conférence, il mimait le suicide de Rommel. Il claquait les talons, portait la main droite à son front saluant un invisible drapeau, murmurait *Adieu geliebtes Vaterland* et faisait semblant de se tirer un coup de revolver dans la bouche. Nous espérions qu'un jour il tirerait vraiment.

Le régiment comptait un autre officier bizarre : un lieutenant qui s'efforçait de camoufler une homosexualité qui transpirait par tous ses pores. Les soldats le surnommaient Margarito et il le savait.

Je crois que tous les *prigué* percevaient que Margarıto souffrait de ne pouvoir orner sa tenue d'objets véritablement beaux, que le pauvre type remplaçait par la quincaillerie permise par le règlement. Ainsi portait-il un pistolet de calibre 45, deux chargeurs, un poignard à lame courbe du corps des commandos, deux grenades à main, une torche électrique, un talkie-walkie, les insignes de son grade et les ailes argentées des parachutistes. Prisonniers et soldats s'accordaient à dire qu'il ressemblait à un arbre de Noël.

Cet individu nous étonnait parfois par des gestes généreux, apparemment désintéressés. Nous ne connaissions pas encore le fameux syndrome de Stockholm comme perversion militaire. Brusquement, après un interrogatoire, il nous remplissait les poches de paquets de cigarettes ou de ces précieuses tablettes d'Aspirine Plus Vitamine C. Un après-midi, il m'invita dans son bureau.

— Alors, comme ça, vous êtes écrivain, commença-t-il en m'offrant un Coca-Cola.

— J'ai écrit quelques nouvelles, rien de plus, répondis-je.

— Je ne vous ai pas fait venir pour vous interroger. Je déplore tout ce qui se passe, mais la guerre est ainsi. J'aimerais que nous parlions d'écrivain à écrivain. Ça vous étonne ? Il y a eu de grands hommes de lettres parmi les soldats. Pensez à don Alonso de Ercilla y Zuñiga.

— Ou Cervantes, ajoutai-je.

Margarito se comptait parmi les grands. C'était là son problème. S'il recherchait la flatterie il allait être servi. Je buvais le Coca-Cola et pensais à Garcés, ou plus exactement à la poule de Garcés, car si incroyable que cela paraisse, le cuisinier avait une poule, qui s'appelait Dulcinea.

Un matin, elle avait franchi la muraille qui séparait les *prigué* des droits communs et il s'agissait apparemment d'une poule aux convictions politiques profondes puisqu'elle décida de rester avec nous. Garcés la caressait et soupirait en disant : " Si j'avais une pincée de piment et un peu de cumin, je vous ferais une volaille à l'escabèche comme vous n'en avez jamais goûté. "

— J'aimerais que vous lisiez mes poésies et que vous me donniez votre opinion la plus sincère, dit Margarito en me remettant un cahier.

Je repartis, les poches pleines de cigarettes, de bonbons, de sachets de thé et d'une boîte de confiture US Army. Ce jour-là, je commençai à croire à la fraternité entre écrivains.

Du régiment à la prison, et inversement, nous étions transportés dans une bétaillère. Les soldats vérifiaient qu'il y eût assez de bouse de vache sur le plancher avant de nous ordonner de nous allonger à plat ventre, mains sur la nuque. Ils étaient quatre à nous surveiller, un à chaque coin, armés de fusils GAL. Presque tous les soldats étaient des gamins venus des garnisons du nord, hargneux et constamment grippés par le climat froid et rude du sud. Ils avaient ordre de tirer dans le tas au

26

moindre mouvement suspect ainsi que sur tout civil qui tenterait de s'approcher du camion. Mais le temps passant, la discipline se relâcha et les soldats fermaient les yeux sur le paquet de cigarettes ou le fruit qui tombaient d'une fenêtre, ou devant l'audacieuse jolie fille qui se mettait à courir à côté du camion en nous envoyant des baisers et criant : "Tenez bon camarades ! Nous vaincrons !"

A la prison nous attendait, comme d'habitude, le comité de bienvenue présidé par le docteur Pragnan, *el Flaco*[1], aujourd'hui éminent psychiatre à Bruxelles. Il examinait d'abord ceux qui ne pouvaient pas marcher et ceux qui avaient des affections cardiaques, puis il vérifiait les os, particulièrement les côtes cassées ou foulées. Pragnan était un véritable expert pour deviner la quantité d'énergie électrique que nous avions endurée en passant sur le " gril " et gardait tout son calme pour désigner ceux qui pourraient ingérer des liquides dans les heures suivantes. Enfin, arrivait l'heure de communier avec la distribution d'Aspirine Plus Vitamine C, et les tablettes anti-coagulantes destinées à résorber les hématomes.

— Les heures de Dulcinea sont comptées, dis-je à Garcés et je m'installai dans un coin pour lire le cahier de Margarito.

Ces pages écrites d'une fine calligraphie débordaient d'amour, miel, souffrances sublimes et fleurs oubliées. Je n'eus pas besoin de tourner la troisième page pour savoir

1. Le maigre.

27

que Margarito ne s'était même pas donné la peine de plagier le poète mexicain Amado Nervo, puisqu'il avait purement et simplement recopié ses vers.

J'appelai Peyuco Gálvez, un professeur d'espagnol, et je lui lus un poème.

— Qu'est-ce que tu en penses, Peyuco ?

— Amado Nervo. Le livre s'appelle *Los Jardines interiores*.

J'étais dans un sacré pétrin. Si Margarito venait à apprendre que je connaissais l'œuvre de Nervo, un poète il est vrai sirupeux, c'était moi dont les heures seraient comptées et non la poule de Garcés. L'affaire était grave, aussi la portai-je le jour même devant le Conseil des Anciens.

— Margarito, c'est un pédé passif ou actif ? demanda Iriarte.

— Fais pas chier. C'est ma peau qui est en jeu, répondis-je.

— Je suis très sérieux. Si ça se trouve il s'est amouraché de toi et il t'a donné son cahier comme il aurait laissé tomber un mouchoir de soie. Et toi tu l'as ramassé, couillon. Il a peut-être recopié ces poèmes pour que tu y découvres un message. J'ai connu pas mal de pédales qui séduisaient des gamins en leur faisant lire *Demian* de Hermann Hesse. Si Margarito fait partie des passifs, alors il te faudra être non son Amado Nervo mais son *amado nervio*[1]. Et si c'est un actif, eh bien, je pense que ça doit faire moins mal qu'un coup de pied dans les couilles.

---

1. Littéralement, son nerf aimé.

– Où tu vois un message ? demanda Andrés Müller. Ce type t'a donné ces poèmes comme étant les siens et tu dois lui dire que tu les as beaucoup aimés. S'il avait voulu envoyer un message, il aurait donné le cahier à Garcés ; c'est le seul ici qui ait un jardin intérieur. Mais peut-être que Margarito ne sait pas pas que Garcés fait pousser des herbes.

– Soyons sérieux. Il faut qu'il lui dise quelque chose, mais Margarito ne doit pas soupçonner un seul instant qu'il connaît l'œuvre d'Amado Nervo, proposa le docteur Pragnan.

– Dis-lui que tu as aimé les poèmes, mais que les adjectifs te semblent un peu excessifs. Cite-lui Huidobro : " Quand l'adjectif ne donne pas la vie, il tue. " Et ainsi, tu lui prouves que tu as lu attentivement ses vers et que ta critique est celle d'un confrère à un autre, suggéra Gálvez.

Le Conseil des Anciens approuva la suggestion de Gálvez, mais moi je passai deux semaines d'angoisse. Je n'en dormais plus. Il me tardait de revenir à ma séance de coups de pieds et de décharges électriques afin de rendre ce maudit cahier. J'en arrivais même à haïr ce bon Garcés :

– Ecoute, si tout se passe bien et si en plus du piment et du cumin tu obtiens un petit pot de câpres, alors là, vieux ! on va faire un de ces festins !

Au bout de quinze jours, enfin, je me retrouvai sur le matelas de merde, allongé sur le ventre et mains derrière la nuque, en route pour le régiment. Je me demandai si je n'étais pas devenu fou ; j'étais heureux d'aller à la rencontre de quelque chose qu'on appelle la torture.

Régiment Tucapel. Intendance. En toile de fond, le sempiternellement vert mont Ñielol, sacré pour les Mapuche. La pièce des interrogatoires était précédée par une salle d'attente, comme dans un cabinet médical. On nous faisait asseoir sur un banc, mains liées derrière le dos et la tête recouverte d'une cagoule noire. Je n'ai jamais compris la raison de cette cagoule, car ils nous l'enlevaient à l'intérieur et nous pouvions voir nos tortionnaires, les petits soldats à l'air paniqué qui tournaient la manivelle du générateur électrique et les médecins militaires qui nous plaçaient les électrodes dans l'anus, sur les testicules, sur les gencives, sur la langue, et qui décrétaient ensuite qui était un simulateur et qui s'était vraiment évanoui sur le gril.

Lagos, un diacre, responsable des Chiffonniers d'Emmaüs, fut le premier à être interrogé ce jour-là. Depuis un an ils le harcelaient au sujet de l'origine d'une douzaine de vieux uniformes trouvés dans les entrepôts de l'association. C'était un don d'un commerçant qui vendait des fripes de l'armée. Lagos hurlait de douleur et répétait tout ce que la soldatesque voulait l'entendre dire : ces uniformes appartiennent à une armée d'invasion qui se prépare à débarquer sur les côtes chiliennes.

J'attendais mon tour. Des mains m'ôtèrent la cagoule. C'était le lieutenant Margarito.

— Suivez-moi, ordonna-t-il.

Nous entrâmes dans un bureau. Sur la table je vis une boîte de cacao et une cartouche de cigarettes, destinées de toute évidence à récompenser mes commentaires sur son œuvre littéraire.

— Vous avez lu mes poésies ? dit-il en m'indiquant une chaise.

Poésies. Margarito disait poésies et non poèmes. Un individu couvert de pistolets et de grenades ne peut parler de poésies sans que cela paraisse ridicule et efféminé. Soudain, ce type me dégoûta et je décidai que, puisque j'en étais à pisser du sang, à chuinter en parlant et à pouvoir recharger une batterie rien qu'en la touchant, je n'allais pas maintenant m'abaisser à flatter un pédé de militaire et de surcroît plagiaire.

— Vous avez une jolie calligraphie, lieutenant. Mais ces vers ne sont pas de vous, dis-je en lui rendant son cahier.

Je le vis trembler. Ce type était en train de charger assez d'armes pour me tuer cent fois et s'il ne voulait pas tacher son uniforme, il pouvait ordonner à quelqu'un d'autre de s'en occuper. Il se redressa en tremblant de rage, jeta par terre tout ce qui se trouvait sur son bureau et hurla :

— Trois semaines de cube ! Mais avant tu passes chez le pédicure, subversif de merde !

Le pédicure était un civil, un propriétaire terrien que la réforme agraire avait privé de plusieurs milliers d'hectares et qui se dédommageait en participant bénévolement aux interrogatoires. Sa spécialité était de soulever les ongles des orteils, ce qui provoquait de terribles infections.

Je connaissais le cube. Mes six premiers mois de détention avaient consisté en un isolement total dans un habitacle souterrain de forme cubique qui mesurait un mètre cinquante de côté. Autrefois, la prison de Temuco avait abrité une tannerie et le cube servait à entreposer les graisses. Les murs de ciment puaient encore, mais au bout d'une semaine les excréments du prisonnier se chargeaient de faire du cube un lieu plus intime.

On ne pouvait s'allonger qu'en diagonale, mais les basses températures du sud, les pluies et l'urine des soldats incitaient à se recroqueviller et à désirer devenir minuscule afin de pouvoir débarquer sur une des îles de merde flottante qui jonchaient le sol, et suggéraient des vacances de rêve. Je restai là-dedans trois semaines, me racontant des films de Laurel et Hardy, me récitant les romans de Salgari, de Stevenson, de London, jouant de longues parties d'échecs et me léchant les doigts de pied pour les protéger des infections. Dans ce cube, je me suis juré et rejuré de ne jamais me consacrer à la critique littéraire.

Cinq

Un jour de juin 1976, mon voyage à nulle part s'acheva. Grâce aux interventions d'Amnesty International je sortis de prison et, quoique tondu et amaigri d'une vingtaine de kilos, je m'emplis les poumons de l'air grisant d'une liberté que limitait la peur de la perdre à nouveau. De nombreux compagnons qui restèrent prisonniers furent assassinés par les militaires. Ma grande fierté est de n'avoir ni oublié ni pardonné à leurs bourreaux. La vie m'a offert de nombreuses et belles satisfactions, mais aucune n'est comparable à la joie de déboucher une bouteille de vin en apprenant qu'un de ces criminels s'est fait trouer la peau au coin d'une rue. Je lève alors mon verre et dis : – Un salopard de moins, vive la vie !

Il m'est arrivé de rencontrer de par le monde certains de mes compagnons qui ont survécu, il en est d'autres que je n'ai jamais revus, mais tous occupent dans mes souvenirs une place privilégiée.

Un jour, fin 1985, dans un bar de Valence j'eus la surprise de tomber sur Gálvez. Il me raconta qu'il vivait en

33

Italie, à Milan, qu'il avait la nationalité italienne et quatre filles magnifiques, toutes quatre italiennes. Après nous être embrassés en pleurant, nous nous mîmes à parler du bon vieux temps et naturellement Dulcinea fit irruption dans la conversation.

— Qu'elle repose en paix, dit Gálvez. J'ai été le dernier des anciens à être libéré fin 78 et je l'ai emportée avec moi. Elle a vécu heureuse et bien dodue dans ma maison de Los Angeles, jusqu'à ce qu'elle meure de vieillesse. Elle est enterrée dans le jardin, sous une pierre tombale où est écrit : " Ci-gît Dulcinea, dame de chevaliers impossibles, impératrice de nulle part. "

Deuxième partie
Notes sur un voyage d'aller

Un

Je savais que la frontière était proche. Une frontière de plus, mais je ne la voyais pas. Seuls les reflets du soleil sur une construction métallique rompaient la monotonie du crépuscule andin. Ici se terminaient La Quiaca et l'Argentine. De l'autre côté commençaient Villazón et le territoire bolivien.

En un peu plus de deux mois j'avais parcouru le chemin qui relie Santiago et Buenos Aires, Montevideo et Pelotas, São Paulo et Santos, le port où mon espoir d'embarquer à destination de l'Afrique et de l'Europe s'était évanoui en fumée.

A l'aéroport de Santiago, les militaires chiliens avaient tamponné mon passeport d'une énigmatique lettre L. *Ladrón*[1] ? Lunatique ? Libre ? Lucide ? J'ignore si le mot pestiféré commence en quelque langue par un L, toujours est-il que mon passeport provoquait une réaction de répugnance chaque fois que je le montrais à une compagnie de navigation.

1. Voleur.

— Non. Nous ne voulons pas de Chiliens avec un passeport marqué d'un L.

— Vous pouvez me dire ce que diable signifie ce L ?

— Allons. Vous le savez mieux que moi. Au revoir.

Mieux valait faire contre mauvaise fortune bon cœur. J'avais le temps, la vie entière devant moi, je décidai donc de m'embarquer à Panamá. Quatre mille kilomètres séparaient Santos du Canal : une paille pour un type qui a envie de se balader.

A bord d'autobus déglingués, de camions et de trains poussifs, j'arrivai à Asunción, la ville de la tristesse transparente, éternellement balayée par un vent de désolation qui se traîne depuis le Chaco. Du Paraguay je revins en Argentine et, après avoir traversé la région inconnue de Humahuaca, j'arrivai à La Quiaca, avec l'idée de poursuivre jusqu'à La Paz. Ensuite, eh bien, je verrai. Il fallait laisser passer ces temps de peur, de la même manière que les bateaux se mettent à la cape en haute mer pour éviter les tempêtes côtières.

Je me sentais harcelé par ces temps de peur.

Dans chaque ville où je m'arrêtais je rendais visite à de vieilles connaissances ou tentais de me faire de nouveaux amis. A quelques exceptions près, la plupart me laissèrent un sentiment amer et uniforme : les gens vivaient dans la peur et en fonction de la peur. Ils en avaient fait un labyrinthe sans issue ; elle accompagnait leurs repas, leurs conversations, et jusqu'aux faits les plus insignifiants de la vie quotidienne étaient entourés d'une prudence honteuse. La nuit, ils ne rêvaient pas de jours meilleurs ou du passé, mais se précipitaient dans le marécage d'une peur obscure et épaisse, une peur passive qui au lever du jour les arrachait du lit les yeux cernés et encore plus effrayés.

Au cours du voyage, je passai une nuit à São Paulo à essayer désespérément d'aimer. Ce fut un échec, duquel il faut épargner les pieds de ma compagne cherchant les miens en un langage simple d'épiderme et de petit matin.

— Quel désastre, je crois avoir dit.

— Oui. Comme si on nous avait observés, répondit-elle. Comme si nous avions utilisé des corps et du temps prêtés par la peur.

Les pieds. Ces grands inutiles se caressaient tandis que nous partagions une cigarette.

— En d'autres temps c'était facile d'arriver au pays du bonheur, ajouta-t-elle. Il ne figurait sur aucune carte, mais tout le monde savait y aller. Il y avait des licornes et des forêts de marijuana. C'est notre frontière perdue.

J'arrivai à La Quiaca aux premières heures de l'après-midi et quand je descendis du train je sentis la gifle du froid andin. Ma première idée fut d'ouvrir mon sac et de prendre un pull-over, mais je me ravisai préférant marcher rapidement pour me réchauffer. J'arrivai au pas de course devant un guichet.

— Demain, je voudrais aller à La Paz. Vous pouvez me dire à quelle heure part le train ?

Le guichetier préparait le maté. Il tenait entre les mains une grande calebasse sertie d'argent. Le maté sentait bon. Il laissait échapper cet heureux mélange d'amertume et de douceur. Je pensai au bien que me ferait un maté par ce froid.

Le guichetier m'observa, détailla mon visage d'une oreille à l'autre, du front au menton, et détourna brusquement les yeux. C'était la peur. Il regardait sur une affiche les photographies des personnes recherchées. Il ne m'offrit pas un maté et écarta la calebasse avant de me répondre.

— Ça, vous devez le demander aux Boliviens. La frontière est à deux pas mais à cette heure elle est fermée. Le guichetier avait l'accent chantant des Saltègnes où des gens de La Rioja.

A côté de la gare, il y avait un hôtel miteux comme tous les hôtels des petites villes sans importance. Dans la chambre – un lit de bronze, un guéridon boiteux, un bougeoir avec deux doigts de chandelle, un miroir, un lavabo en fer-blanc, un broc d'eau et un torchon raide qui jurait être une serviette – j'ouvris mon sac et enfilai un gros pull-over. Il faisait aussi froid que dehors. Le lit pouvait passer pour une nuit. Les draps amidonnés à l'excès avaient la même raideur que la serviette, mais les couvertures étaient épaisses et en laine. Je me souvins de quelqu'un – mais qui était-ce ? – qui disait que le froid était le meilleur allié de l'hygiène hôtelière.

Je sortis de l'hôtel pour visiter La Quiaca et marchai dans les rues silencieuses et solitaires, entre des maisons en pisé qui se fondaient dans les montagnes toutes proches à mesure que les ombres avançaient.

Au coin d'une rue, je trouvai une gargote ouverte. Ça sentait la viande grillée et mon estomac me donna l'ordre de m'installer à une table couverte de papier d'emballage.

— Nous n'avons que de l'*asado*[1], dit le garçon. C'était un petit gros, large d'épaules, court sur pattes et sa chevelure en brosse à chaussure couronnait un visage totémique. Il parlait en prolongeant les s, comme s'il avait les dents soudées.

La viande était délicieuse. Elle dégoulinait de graisse quand on y plongeait le couteau et c'était un régal d'en enduire le pain. Le vin était un peu aigre mais il réjouissait le corps.

Quand j'eus terminé, je commandai un verre de *caña* et me laissai aller au formidable plaisir d'un rot. C'est alors que je vis le vieux.

Il portait un blouson râpé en cuir marron. Il posa sur la table des gants de travail et une lanterne en laiton.

Il fit un mouvement de tête pour passer commande au garçon, qui lui apporta une cruche de vin. Il but une longue gorgée les yeux fermés, avec la satisfaction de celui qui vient d'achever une longue et épuisante journée de travail. Je m'approchai.

— Pardon, monsieur. Vous êtes un employé du chemin de fer ?

— Oui et non, répondit-il.

La réponse me mit mal à l'aise, mais je vis aussitôt qu'il me désignait une chaise.

— Oui, pour le chemin de fer. Non en ce qui concerne l'employé. Je suis ouvrier.

— Je comprends. Excusez-moi.

— Chilien ?

1. Viande grillée.

– Il paraît.

– Tu veux manger quelque chose ?

Je le remerciai en lui disant que c'était fait et je lui demandai s'il connaissait l'horaire du train pour La Paz. A cet instant arriva la viande. Les yeux du vieux se mirent à briller et il nettoya fourchette et couteau avec la serviette en papier.

– Bon appétit.

– Merci. Un peu de vin ?

Sans attendre la réponse il claqua les doigts pour demander un autre verre. Il porta le premier morceau de viande à sa bouche et prit un air songeur.

– Le meilleur du bœuf c'est l'*asado*. Ah ! Le noble animal, plein de biftecks partout ! Mais le meilleur c'est l'*asado*.

– Je suis d'accord avec vous. A la vôtre.

– A la tienne. Tu sais ce qui manque ici, au nord ? Le *chimichurri*[1] . Voilà ce qui manque. Un vers sans rime c'est comme un *asado* sans *chimichurri*.

– Totalement d'accord.

Le vieux mastiquait avec une discipline macrobiotique. Des gouttes de jus tentaient de s'échapper de la commissure des lèvres, mais la langue agissait avec une implacable rapidité. Après avoir consciencieusement mastiqué, il faisait descendre la bouchée à l'aide de grandes gorgées de vin.

– Tu dis que tu vas à La Paz. Attention à la *puna*[2] là-haut. Si tu te sens mal, mange de l'oignon. Mets de

1. Condiment.
2. Mal des montagnes.

l'oignon dans le moteur. Le train pour La Paz part entre huit heures et midi. Pas très anglais comme horaire. Tu as ton billet ?

Il parlait sans me regarder. Toute son attention était concentrée sur le morceau de viande qui disparaissait dans une agonie subtile de jus, jusqu'à ce que le plat soit vide.

— Non, je ne l'ai pas encore acheté, dis-je en voulant prendre congé. Mais le vieux commanda une autre cruche de vin.

— Pardonne l'impolitesse. Mais j'avais faim. Plus de douze heures sans bouffer. Imagine.

— Ne vous en faites pas pour moi.

— Comme tu n'as pas de billet, tu devras te dépêcher de passer la frontière. Les soldats l'ouvrent à sept heures et il y a toujours la queue.

— J'essaierai d'arriver dans les premiers.

— Très bien. Mais ça ne suffit pas. Au guichet, les Boliviens vont te dire qu'il n'y a plus de place, que tout est vendu. Voilà ce qu'ils vont te dire, ces fils de pute. Tu sais ce que tu dois faire alors ? Montrer un billet de cinquante balles plié. Tu vois ce que je veux dire ?

— Oui. Merci pour le tuyau.

Le vieux me regarda d'un air malicieux. Du revers de son blouson il tira une longue épingle en argent et commença à se curer les dents.

— Comme ça, tu es Chilien.

— Il faut bien naître quelque part.

— Là-bas aussi les choses vont mal, non ?

« Les choses. » S'il y a quelque chose que je déteste

43

c'est bien les questions-réponses et, par ces temps de peur, parler des " choses " n'était pas très conseillé.

– Comme partout, j'imagine.

– Tu as raison. Le monde est pourri.

Il n'était pas non plus conseillé de se mettre à philosopher sur la pourriture universelle en compagnie d'un inconnu. Je fis mine de me lever et le vieux me tapota le bras.

– Tu sais ce qu'il y a, petit Chilien ?

– Non. Qu'est-ce qu'il y a ?

– J'ai encore faim. Voilà ce qu'il y a. Et si je commandais un autre *asado* et que tu en prennes la moitié ? Qu'est-ce que tu en dis ?

Alors, je songeai à ces foutus temps de peur, à ce long voyage où je mangeais le plus souvent seul et vite et je me dis que rester quelques heures accroché à cette table était une forme de résistance.

– D'accord. Mais je paie le vin.

– Formidable ! s'exclama le vieux en me tendant la main.

Nous avons mangé. Nous avons bu. Nous avons parlé d'un gamin qui promettait, un certain Maradona, très proche de Chamaco Valdès dans la maîtrise du ballon ; nous avons comparé les poings d'Oscar Ringo Bonavena avec ceux de Martín Vargas, nous sommes tombés d'accord pour dire que Carlitos dégageait une émotion incomparable, mais qu'en définitive aucune voix ne pouvait rivaliser avec celle de Julio Sosa, le grand du tango. Notre repas, sur cette table couverte de papier d'emballage, s'était transformé en une petite fête de famille par-

44

tagée par un Argentin et un Chilien, lors d'une soirée ordinaire d'Amérique latine. Le temps de la peur était resté dehors, où un portier invisible et inflexible se chargeait, avec mépris, d'interdire l'entrée de cet hôte indésirable.

A la fin du repas, le vieux me rappela que je devais arriver de bonne heure à la frontière et ferma son poing gauche en laissant le pouce tendu, désignant un point qui pouvait tomber du ciel ou venir dans son dos.

— C'est tout près. La frontière commence là où est le train.

A l'hôtel, le lit était très froid, les draps peut-être humides, et je mis longtemps à me réchauffer. Je ressentais la fatigue du voyage et celle des cinq cruches de vin vidées avec le cheminot. J'avais envie de dormir mais j'avais peur de manquer le train. L'idée de rester un jour de plus à La Quiaca n'arrivait pas à me séduire. Heureusement, j'avais assez de cigarettes et le tabac parvint à écourter la nuit.

Le jour se leva sans prévenir, comme si une main puissante avait violemment déchiré le rideau d'ombres et une lumière blessante entra à flots par la fenêtre. Je regardai ma montre. Il était six heures du matin. Une bonne heure pour aller jusqu'à la frontière.

Au bout de quelques pas je me retrouvai devant la bizarre construction que j'avais vue la veille. Un pont de fer. A un bout, une casemate ornée du drapeau argentin ; à l'autre, une deuxième casemate semblable avec le drapeau bolivien. Sous le pont, pas de rivière.

Vers sept heures, des gendarmes argentins encore

ensommeillés ouvrirent la frontière. Il y avait déjà beaucoup de gens, femmes, hommes, enfants aux visages
énigmatiques, qui parlaient entre eux dans leur *aymara*[1]
aux intonations sifflantes tandis que la boule de coca
gonflait leurs joues. Ils portaient des ballots, des valises,
des paquets d'herbes, de fruits, de légumes, des poules
tête en bas, aux yeux blancs et aux ailes maladroitement
déployées, des ustensiles de cuisine et des attirails indéfi-
nissables. De l'autre côté du pont un groupe humain
semblable attendait et en voyant que les voies ferrées
commençaient à la casemate bolivienne, je me souvins
des paroles du cheminot.

Les gendarmes argentins examinèrent mon passeport,
puis comparèrent la photo avec celles des personnes
recherchées et me le rendirent sans un mot. Je traversai le
pont. Adieu, Argentine. Bonjour, Bolivie.

Les Boliviens se livrèrent au même rituel, mais cette
fois un soldat me posa des questions :

— Où allez-vous ?

— A La Paz.

— Montrez-moi votre billet.

— Je ne l'ai pas. C'est pour ça que je viens de bonne heure.

— Vous allez rester combien de jours en Bolivie ? Vous
avez une adresse à La Paz ?

— Non. De là, je continuerai mon voyage.

— Où ?

Où ? J'hésitai. Je pensai à une petite carte scolaire
d'Amérique du Sud qui était dans mon sac. Elle était

---

1. Langue parlée par les Indiens de la région du lac Titicaca.

couverte de noms évocateurs. J'aurais pu dire Lima, Guayaquil, Bogotá, Carthagène, Paramaribo, Belem, mais le seul mot qui me vint aux lèvres fut celui de mon grand-père.

— Martos, en Espagne.

Le soldat m'autorisa à passer, mais je sentis qu'il me lançait un regard de haine. C'étaient les yeux d'un dieu irascible. Des yeux de feu noir sur un visage de pierre.

A la gare de Villazón, je suivis les conseils du cheminot, et le billet de cinquante pesos soigneusement plié transforma le refus du guichetier en récriminations contre ceux qui arrivaient au dernier moment pour acheter leur billet. La gare de Villazón était plus petite que celle de La Quiaca. Elle avait deux quais cimentés d'une propreté impeccable.

— Le train arrive entre huit et dix, se remplit entre dix et onze et part quand il est plein, m'informa le guichetier.

J'avais un peu de temps pour visiter les lieux. J'achetais deux *empanadas* à une vendeuse et une chope de Nescafé. Assis sur mon sac à dos, je vis la gare se transformer en une joyeuse foire de nourritures, de fruits, d'outils et d'animaux domestiques. Et je me mis à contempler avec plaisir cette réalité inconnue.

Vers huit heures, le soleil commença à taper dur. La réverbération sur les murs chaulés était aveuglante. Je nettoyais mes lunettes de soleil lorsque j'entendis une voix familière, celle du cheminot.

— Tire-toi, petit Chilien. Tire-toi.

Je me retournai. Le vieux passa à côté de moi sans me regarder, mais en murmurant entre les dents :

47

— Tire-toi, petit Chilien. Tire-toi avant qu'ils t'attrapent.

Le soleil andin arrêta les heures, la rotation de la planète, les mouvements capricieux de l'univers. Il n'y avait pas un seul nuage dans le ciel, pas même un oiseau, mais soudain, comme s'ils avaient entendu un signal secret, l'écho alarmant d'une trompe répercuté depuis des siècles dans la solitude des montagnes, les êtres aux visages totémiques ramassèrent leurs marchandises et leurs ballots et une indicible rafale de peur balaya le joyeux tumulte qui régnait sur les quais.

En regardant vers le commencement des voies, la frontière, je vis des soldats qui descendaient d'un camion vert. Obéissant aux gestes d'un officier ils avancèrent déployés en éventail, prêts à repousser une embuscade. Et j'étais seul, assis sur mon sac à dos.

A cet instant retentit un coup de sifflet qui m'obligea à regarder du côté opposé et je vis la vieille locomotive diesel entrer en gare. C'était un gros animal vert portant une cicatrice jaune sur le ventre, qui traînait le convoi en soufflant comme un vieux dragon. Je vis passer les wagons gris, telle une succession de poissons tristes, avec les mots " La Paz " répétés sur les écriteaux.

La locomotive s'arrêta en arrivant au pont, car ainsi que le cheminot l'avait dit, la frontière commençait avec le train. Alors on me poussa contre un mur et je restai immobile, jambes écartées et mains appuyées contre la chaux, tandis que des mains gantées vidaient mon sac et piétinaient livres, photos, souvenirs réfractaires à ces temps de peur, jusqu'à ce que les coups de pieds me fassent m'allonger à plat ventre, mains sur la nuque.

Deux heures environ s'écoulèrent, jusqu'à ce que les soldats se remettent en chasse et allongent à côté de moi un autre porteur de sac à dos. C'était un Argentin membre de la secte Hare Krishna, qui, le crâne rasé reflétant le soleil et drapé dans son extravagant accoutrement orange, ne cessait de souhaiter aux soldats une paix éternelle.

— Que se passe-t-il, frère ? me demanda-t-il à voix basse.

— Ferme-la, sinon ils vont te la fermer.

— Mais, qu'est-ce qu'on a fait, frère ?

— Peut-être appeler frères des fils uniques.

Les heures passèrent et les crampes devinrent moins douloureuses. Ce qui durait en revanche c'était mon envie de fumer et, de ma position de reptile humilié je regardais les roues du train, les pieds agiles des passagers, les fardeaux et les valises qui tout d'un coup perdaient leur poids et s'élevaient. Lorsque après le coup de sifflet les roues se mirent en mouvement, je sentis qu'elles emportaient la seule possibilité de laisser derrière moi ces temps de peur qui me retenaient prisonnier, pour toujours peut-être.

— Je leur ai dit la vérité, se plaignit le Krishna.

— Moi aussi. Mais il y a des gens qui ne croient en rien.

— Je leur ai dit qu'à La Paz je prenais l'avion pour Calcutta. Je leur ai montré le billet, les papiers, tout.

— Je te l'ai dit, il y a beaucoup de mécréants.

— Je suis à la recherche de la lumière. C'est là une épreuve, mon frère.

— Tu commences à me les gonfler.

49

— La lumière est à Calcutta, frère.

A cinq heures de l'après-midi, ils nous autorisèrent à nous relever. Nous avions tous les deux la peau des bras et du cou cloquée par l'insolation. Après une formalité expéditive ils nous dépouillèrent de notre argent et de nos montres et procédèrent aussitôt à notre expulsion du territoire bolivien comme individus indésirables.

De l'autre côté du pont nous attendait le vieux cheminot, avec une carafe d'eau et un pot de crème contre les brûlures.

— Vous avez eu de la chance, les gars. Ces salopards auraient pu vous embarquer à la caserne et adieu la pampa ! Vous avez eu de la chance.

— J'arriverai à Calcutta, assura le Krishna.

J'étais sûr qu'il y parviendrait et tandis que je m'éloignais avec le vieux je souhaitai de toutes mes forces qu'il y parvienne vite, car si ce routard chauve aux vêtements orange arrivait à Calcutta, il y en aurait un au moins qui retrouverait sa frontière perdue, celle qui ouvrait sur le territoire du bonheur.

Deux

A partir de 1973, plus d'un million de Chiliens laissèrent derrière eux leur long pays maigre et malade. Les uns contraints à l'exil, les autres fuyant la peur et la misère, et d'autres enfin simplement désireux de tenter leur chance au nord. Ces derniers n'avaient qu'un seul but : les Etats-Unis.

La plupart transformaient leurs maigres biens en un billet de bus pour Guayaquil ou Quito. Ils pensaient que de là il leur suffirait de faire quelques pas supplémentaires pour se retrouver au nord, sur la Terre promise.

Après plusieurs jours de voyage, ils descendaient des bus, perclus de crampes, poisseux, affamés, ils se renseignaient sur les moyens de poursuivre leur route et découvraient que l'Amérique du Sud est gigantesque et, comme pour ajouter à leur infortune, que la route panaméricaine disparaissait, avalée par la jungle colombienne. Et ils restaient au milieu du monde, comme des bateaux à la dérive, sans présent, sans avenir.

L'un de ces individus était le pianiste de l'Ali Kan ; il était grand, maigre et blanc comme un cierge. Ses yeux

51

rougis et deux dents jaunes saillant sur sa lèvre inférieure lui donnaient un air de lapin triste.

Il ne pouvait réprimer ses larmes quand il évoquait Valparaíso, où il jouait dans l'orchestre de l'American Bar, un lieu centenaire où se retrouvaient tous les bohèmes du port et que les militaires rayèrent de la carte en imposant un couvre-feu qui dura treize ans.

— C'était vraiment une boîte bien. Les filles n'étaient pas des putains ; c'étaient des *miss*. Et les marins laissaient aux musiciens des pourboires fantastiques, pas comme dans cette porcherie ! Se plaignait-il et il se maudissait d'être tombé à Puerto Bolívar. Car, répétait-il, on n'arrive pas ici, on y tombe.

Puerto Bolívar est au bord du Pacifique, tout près de Machala, au sud de Guayaquil. La mer est présente dans la brise qui parvient par moments à dissiper les bouffées d'air humide et chaud provenant de l'intérieur des terres. On peut voir et entendre la mer, mais on ne la sent pas.

A Puerto Bolívar on embarque les bananes équatoriennes pour le monde entier. A cinq kilomètres environ de la jetée s'ouvre un trou vaste comme un stade de football et d'une profondeur inconnue. C'est là que finissent les tonnes de bananes impropres à l'exportation, soit qu'elles ont mûri trop tôt, soit qu'elles présentent des taches suspectes de parasites ou encore que le propriétaire de la plantation, ou le transporteur, a refusé de payer l'impôt prélevé par les mafias du secteur.

Le lieu se nomme La Olla[1] et il est en ébullition perma-

1. La marmite.

nente. Les milliers de tonnes de fruits en décomposition forment une pâte épaisse, nauséabonde et troublée de bulles. Tout ce qui ne sert plus finit à La Olla et ce monstrueux ragoût ne se nourrit pas seulement de matières végétales, mais aussi des adversaires des caciques politiques qui y pourrissent avec plusieurs grammes de plomb dans le corps ou mutilés à coups de machette. La Olla mijote sans trêve. Sa puanteur est telle qu'elle repousse l'odeur de la mer et que même les charognards ne s'en approchent pas.

— Va-t-en. Va-t-en tout de suite, avant que cette maudite puanteur anéantisse ta volonté et que tu finisses comme moi, par pourrir sur pied ici, me répétait le pianiste à chacune de nos rencontres.

J'étais arrivé à Machala car je voulais quitter rapidement l'Equateur et la seule manière de précipiter un départ est de n'être rebuté par aucun travail. J'avais ainsi accepté un contrat semestriel à l'université de Machala, par lequel je m'engageais à expliquer à une poignée d'étudiants le tissu sociologique des moyens de communication. A peine étais-je arrivé que j'eus envie de repartir, mais je n'avais plus un sou en poche et il me fallait attendre la fin de mon contrat pour toucher le salaire. Une formalité bureaucratique très tropicale voulait que les professeurs invités ne soient payés qu'à la fin du semestre et ce grâce aux bons offices d'un administrateur qui empochait la moitié du fric.

Pour économiser un peu de cet argent, que nous n'avions pas, le groupe de professeurs que nous formions – les *licenciados*[1] comme nous nous appelions – composé d'un Uruguayen, d'un Argentin, de deux Chiliens, d'un Canadien et d'un Equatorien de Quito qui détestait les tropiques de toute son âme, décida de vivre ensemble dans une grande maison peinte en vert calypso, au toit de zinc et avec vue sur la forêt. Nous y avions suspendu six hamacs et le soir nous nous balancions en fumant, en parlant de nos projets lorsque nous serions payés, en vidant des caisses de bière et en contemplant les pales du ventilateur qui tournaient inutiles au-dessus de nos têtes.

A Machala il n'y avait presque rien à voir et moins encore à faire. Le curé, chargé de censurer les films que l'on projetait dans un cinéma en plein air, ne brillait pas par son bon goût, si bien que pour supporter la chaleur des nuits de Machala imprégnées de la puanteur de La Olla, il ne nous restait plus qu'à aller faire un tour au casino ou dans les bordels de Puerto Bolívar. Nous allions au casino pour profiter de l'air conditionné et parce que nous étions assurés de tomber sur l'un ou l'autre de nos étudiants qui perdait en quelques minutes l'argent que nous devions recevoir après avoir sué pendant un semestre.

— Servez une tournée aux *teachers*, ordonnait l'étudiant les yeux fixés sur la boule de la roulette.

Nous le remerciions et nous lui souhaitions bonne chance.

1. Littéralement " licenciés ". En Amérique latine le titre de *licenciado* est employé dans la conversation, soit comme marque de respect soit ironiquement.

Nous aimions aller dans les bordels, particulièrement l'Ali Kan, un immense hangar en planches et au toit de zinc, administré par doña Evarista, une grosse Chilienne sexagénaire qui transpirait et pleurnichait sur nos épaules lors de ses crises de nostalgie de Buenos Aires et de Santiago, les villes où elle avait fait ses premières armes. Inviter doña Evarista à danser un tango signifiait une bouteille de whisky et une cartouche de cigarettes sur le compte de la maison. Nous dansions tous correctement le tango, sauf le Canadien, qui était toujours occupé à prendre des notes sur tout ce qu'il voyait et entendait pour un roman qui, selon lui, serait meilleur que *Cent Ans de solitude*. La grosse se consumait d'amour pour le Canadien et chaque fois qu'elle le voyait en train d'écrire elle ordonnait aux filles de se taire.

A l'Ali Kan travaillaient une vingtaine de femmes qui recevaient leurs clients dans de minuscules pièces, sur des matelas posés par terre. Parfois, lorsqu'un marin vigoureux faisait vibrer de ses transports amoureux le local construit sur pilotis, les hôtes du salon lui adressaient de chaleureux applaudissements. Ainsi passaient les nuits. Les nuits de l'Ali Kan.

Le lendemain recommençait la routine tropicale : se réveiller dans la puanteur de La Olla, sauter du hamac, parvenir à ce que l'épine dorsale reprenne sa position verticale, vider les chaussures pleines de cafards et de scorpions, prendre une longue douche, sortir dans la moiteur de la rue, boire un *tinto*, un formidable café noir, à la gargote du coin, marcher cinq cents mètres et en arrivant à l'université prendre une autre douche avant de commencer les cours.

Quinze étudiants étaient inscrits à mon cours de sociologie de la communication, mais je ne suis arrivé à en connaître que trois, et je me suis toujours demandé ce qu'ils pouvaient bien chercher là. L'un d'eux était déjà, à vingt ans, un expert en maladies vénériennes ; il les avait toutes eues et s'en vantait. Un autre, fils d'un magnat de la banane, consacrait ses matinées à l'étude consciencieuse des catalogues de voitures de sport. Et il vivait dans l'obsession de posséder une Porsche. Que la région fût presque entièrement dépourvue de routes ne lui posait pas le moindre problème. Quant au troisième, je ne suis pas sûr qu'il savait lire.

Au bout de quatre mois je commençais à donner raison au pianiste de l'Ali Kan. Il me fallait quitter ce trou pourri.

La bonne société de Machala ne nous a jamais regardés d'un bon œil ; nous étions six individus, dont cinq étrangers, qui vivaient à crédit et fréquentaient les bordels. Elle ne nous a jamais regardés d'un bon œil mais elle ne nous a jamais non plus compliqué l'existence. Elle nous gratifiait d'une sorte d'acceptation fondée sur la répulsion et la méfiance. Du moins jusqu'au jour où une des filles de l'Ali Kan nous raconta les larmes aux yeux que le curé lui avait interdit l'entrée du cinéma, à elle et deux amies du métier qui n'avaient pas pu assister à la projection de *Cat Ballou*.

— Alors qu'on adore ce salaud de Lee Marvin, précisa-t-elle en pleurnichant.

Miteux mais gentlemen. Tels six mousquetaires nous nous rendîmes aussitôt à l'église pour dire au curé ses quatre vérités.

— Le cinéma est fermé aux femmes de mauvaise vie, lança le curé.

— Le cinéma c'est la culture. Il est possible que dans un film ces femmes trouvent la valeur morale qui les fera changer de vie. Et puis c'est vous qui choisissez les films, allégua l'Argentin.

— Je ne le nie pas. Mais elles doivent venir accompagnées de personnes à la moralité éprouvée.

— En compagnie de professeurs de l'université, par exemple ? demanda le Canadien.

— Vous ? Vous risqueriez vos carrières en venant au cinéma avec des putains ? Ne me faites pas rire.

A partir de ce jour, nous assistâmes tous les vendredis aux séances de cinéma en compagnie des filles qui voulaient y aller. Debout à la porte, le curé nous jetait des regards de haine mais ne pouvait pas interdire l'entrée aux filles. Nous accomplissions ainsi notre devoir de galants hommes, mais la bonne société de Machala ne le voyait pas de cet œil. Les professeurs de la ville cessèrent de nous inviter chez eux, les policiers nous regardaient d'un air goguenard et la rumeur que nous combinions pédagogie et proxénétisme commença de circuler. Le moment de partir était venu. Le problème était de savoir comment. Le semestre était loin d'être fini.

La possibilité de reprendre la route se présenta un soir au casino. J'étais là, profitant de la fraîcheur qui arrachait des éternuements aux joueurs et permettait aux dames de

Machala d'arborer leurs manteaux et leurs cols de four-
rure. J'étais seul. Mes collègues étaient partis à l'Ali Kan,
où la nuit précédente avait eu lieu un miracle : le Canadien, qui avait une demi-bouteille de rhum dans le sang,
s'était enfin décidé à inviter la grosse Evarista à danser.
Tango, salsa, merengué, valses créoles, pasillos, sanjuani-
tos ; il dansait tout. Transformé en toupie, le Canadien
déclara que son projet de roman il n'en avait plus rien à
foutre et se mit à distribuer ses pages de notes aux clients.
Il allait vivre, vivre intensément et près de son grand
amour, déclara-t-il en étreignant doña Evarista qui
défaillait de ravissement. Elle nous invita tous au dîner
de fiançailles. Bien entendu, je ne voulais pas manquer
ça, mais je désirais encore sentir la merveilleuse fraîcheur
du casino d'où on sortait avec plaisir. C'est ce que je
m'apprêtais à faire lorsqu'une main me toucha l'épaule.

C'était un type que je connaissais de vue. Je savais qu'il
dirigeait une entreprise de transport de bananes et qu'il
possédait des camions et des bateaux. L'homme s'expri-
mait dans le parler lent et rythmé des gens de Guayaquil.

— Dites-moi, *teacher*, vous croyez à la loi des probabi-
lités ?

— Elle a du vrai.

— Regardez : j'ai parié six fois sur le zéro et il n'est pas
sorti. Vous croyez qu'il va sortir la prochaine fois ?

— La seule façon de le savoir c'est de risquer le coup.

— Voilà, un vrai mec, dit-il, et il lança un trousseau de
clefs sur le tapis.

— Chrysler. De l'année. Elle m'a coûté vingt mille dollars.

Le croupier s'excusa, se dirigea vers une porte, entra, puis revint au pas de course.

— Dix mille, dit-il, et cinq pour cent de commission pour la maison.

— Quinze mille et je double la commission.

— Pari accepté. Messieurs, faites vos jeux.

La boule se mit à tourner et l'homme de Guayaquil suivit sa course d'un regard impassible. Il se tenait mains appuyées sur le tapis sans trahir la moindre émotion. C'était un vrai joueur. Sa lassitude révélait son désir de perdre. Lorsque la boule s'immobilisa sur le numéro sept, il haussa les épaules.

— Quelle merde *teacher* ! Mais au moins on a levé le doute.

— Désolé.

— C'est le jeu. Allons au bar, je vous offre un verre.

Au comptoir, nous fîmes les présentations. Le type voulut en savoir plus sur mon compte, il m'écouta en silence, puis me parla comme si j'étais dans le commerce des bananes.

— Vous tombez du ciel, *teacher*. Vous allez venir avec moi à Rocamuerte. J'ai un fils sur le point de terminer le lycée et je veux qu'il soit avocat. Vous me le préparez pour l'entrée à l'université et moi je résous tous vos problèmes économiques. Ça vous va ?

— Dans les universités équatoriennes entre qui veut.

— Mon fils va étudier aux Etats-Unis. Là-bas, il y a des examens d'admission et tous ces trucs compliqués. Deux mille dollars par mois ? Soyons pratiques *teacher*, voici un chèque en blanc. Touchez-le demain. Prenez mille, deux mille dollars, tout ce qu'il vous faut. Je vous demande seulement d'être chez moi à la fin de la semaine. Et maintenant, partez, *teacher*. Quand je perds, j'aime être seul.

J'arrivai à l'Ali Kan après minuit. Doña Evarista avait préparé des douzaines d'*empanadas*, plus savoureuses que le caviar Béluga, dans cet enfer culinaire où on ne connaissait que le riz et les bananes en rondelles. Cette nuit-là fut une grande fête. Doña Evarista reconnut la signature du chèque et dit qu'il s'agissait d'un des hommes les plus riches du pays, de sorte que mes soucis étaient finis et que je pouvais me sentir de nouveau en route.

Nous nous sommes goinfrés d'*empanadas*, nous avons vidé d'innombrables bouteilles de vin chilien et après avoir chanté les tangos qui arrachaient des torrents de larmes à la grosse Evarista, le Canadien nous étonna tous par un discours qu'il prononça juché sur la table.

— Mes amis, je veux vous dire que cette femme est merveilleuse et qu'à partir de demain je vais vivre avec elle. Je vais être le *man* de cette maison et vous, camarades, mes frères, vous serez désormais considérés comme nos enfants. Vive les fils de pute !

Le lendemain, je me rendis à la banque et je retirai pas mal d'argent, je payai mes dettes, distribuai quelques billets à mes collègues et, sac au dos, je me dirigeai vers la station d'autobus. Là, m'attendait le pianiste, grand, maigre et blanc comme un cierge.

— Tu ne peux pas savoir comme ça me fait plaisir, mon ami. Bonne chance, me dit-il en me serrant la main.

Avant de monter dans le bus, je respirai profondément, me remplis les poumons de l'air pourri qui venait de La Olla, et j'entendis dans les haut-parleurs la voix du curé menaçant d'excommunier tous ceux qui iraient voir le film *Kramer contre Kramer*, qu'il accusait d'être une apologie du divorce.

— Ce soir, le cinéma sera plein, murmura le pianiste.

Quelques années plus tard, je me trouvais très loin de l'Equateur, je reconnus dans une revue littéraire québécoise le nom du Canadien de Machala. Il avait publié une nouvelle intitulée *La nuit tous les chats sont gris sous les tropiques*. Un superbe récit, dans lequel il évoquait une époque où il avait vécu en compagnie de cinq individus, dans un pays cerné par une puanteur infernale. C'était une bonne nouvelle, comme avaient été bons ces jours vécus dans l'attente d'un salaire qui n'arrivait pas, sous les pales d'un ventilateur qui ne produisait aucune brise, mais partagés avec des femmes et des hommes au grand cœur, qui m'avaient offert le meilleur d'eux-mêmes.

Trois

Ce matin-là, je me levai avant l'aube, emballai mes maigres affaires et dis adieu à l'estancia La Conquistada. C'était un lieu magnifique, une extraordinaire oasis de verdure en plein désert, et je me sentis ridicule, humilié de devoir partir discrètement et précipitamment comme un voleur. Mais j'y avais réfléchi pendant la nuit et, comme le dit Lichtenstein, il faut savoir prendre les décisions que nous conseille l'oreiller.

La cuisinière me vit traverser le porche de la maison et fit semblant de regarder de l'autre côté. Je trouvai le portail fermé par une grosse chaîne et un cadenas. Par chance le mur n'était pas haut et je sautai facilement de l'autre côté.

J'avais fait une centaine de pas lorsqu'un camion s'arrêta au bord du chemin.

— Où allez-vous ? demanda l'un des occupants de la cabine.

— A Barranco, pour prendre l'avion-taxi.

— Si la compagnie ne vous dérange pas, on peut vous emmener. On va à Ibarra, dit le chauffeur.

– Fantastique. Merci beaucoup, répondis-je et je grimpai à l'arrière du camion.

Il transportait des porcs énormes qui m'accueillirent comme un des leurs. Assis dans un coin, sur mon sac, je pensai que je n'avais jamais été aussi près de faire le grand saut jusqu'en Europe, mais la vie m'obligeait une fois encore à changer de cap. En guise de consolation, je me mis à admirer le panorama de montagnes et de ravins baignés de la violente luminosité de l'aube dans le désert.

Soudain, je sentis que tous les porcs avaient les yeux fixés sur moi. Je ne sais plus qui a écrit que les porcs ont un regard pervers. Ce n'était pas le cas. Ceux-ci me regardaient avec de petits yeux innocents et apeurés. Peut-être pressentaient-ils que c'était leur dernier voyage.

– Nous avons quelque chose en commun, je crois que vous l'avez remarqué. Mais moi, camarades, j'ai pu m'échapper à temps et je ne finirai pas transformé en boudins. Que voulez-vous, c'est la vie.

Trois semaines auparavant, je me trouvais à Ambato, la ville des fleurs et, à juste titre, celle des femmes les plus belles d'Equateur. J'allais vers le Coca, en Amazonie, avec l'intention de faire un reportage sur les installations pétrolières. Comme d'habitude j'étais à court d'argent et un magazine américain offrait une somme rondelette pour ce reportage. A Ambato, je devais prendre contact avec un ingénieur qui me conduirait en jeep jusqu'à Cuenca, d'où je poursuivrais le voyage dans un petit avion de la Texaco.

Je me trouvais donc à une table de café, heureux de voir

passer toutes ces jolies femmes qui faisaient honneur à leur ville. Soudain, voulant reposer mes yeux de tant de beauté, je jetai un regard sur le journal et je remarquai une annonce curieusement rédigée :

On recherche jeune homme de bonne éducation, sérieux antécédents, avec des facilités d'écriture, pour collaborer à la rédaction des mémoires d'une éminente personnalité. Préférence sera donnée aux candidats d'ascendance espagnole. Pour rendez-vous, téléphoner au...

Piqué par la curiosité, j'appelai. J'entendis au bout du fil une femme à la voix autoritaire qui ne répondit à aucune de mes questions concernant l'identité de cette éminente personnalité mais qui me fit subir un interrogatoire serré, surtout au sujet de mes ancêtres espagnols. A la fin, et à ma surprise, elle dit qu'elle m'acceptait, mentionnant au passage des honoraires qui envoyèrent paître le reportage du Coca. Avant de raccrocher, elle me donna des indications pour arriver à l'hacienda, qui se trouvait à quatre-vingts kilomètres d'Ambato, et précisa qu'elle m'attendrait le lendemain.

Vingt-quatre heures plus tard, j'arrivai devant le portail de La Conquistada, une imposante bâtisse de style colonial entourée de jardins. Sous le porche de la maison étaient suspendues des dizaines de cages enfermant des oiseaux de la forêt et c'est là que je fus accueilli par la femme avec laquelle j'avais parlé la veille au téléphone.

— Ils sont à ma fille. Elle adore les oiseaux. J'espère que les chants ne vous dérangeront pas le matin. Les toucans sont particulièrement bruyants.

— Pas du tout. C'est la meilleure façon de se réveiller.

– Entrez. Je vais vous montrez votre chambre.

Dans l'entrée de la maison trônait le portrait en pied, grandeur nature, d'un individu accoutré comme Cortés, Almagro ou n'importe lequel des conquistadors. Le guerrier appuyait ses mains sur une épée.

– L'*adelantado* don Pedro de Sarmiento y Figueroa. Nous sommes ses descendants directs et nous en sommes très fiers, dit la femme.

– Mes gouttes de sang espagnol ne sont pas de si noble lignage.

– Tout sang espagnol est noble, répliqua-t-elle.

La chambre qui me fut attribuée était sobre. Elle se composait d'un lit, d'une table de nuit et d'une armoire qui clamaient leur ancienneté. Dans un coin se trouvait un curieux meuble qui me sembla d'abord être un ancêtre du portemanteau, mais le crucifix accroché en face me fit comprendre qu'il s'agissait d'un prie-Dieu.

– Maintenant installez-vous. Dans une demi-heure, nous vous attendons à la salle à manger.

Durant le déjeuner, je constatai que les descendants de l'*adelantado* n'étaient pas nombreux et qu'avec eux s'achevait la lignée.

La femme, qui était veuve, tenait les rênes de l'hacienda et éprouvait un véritable plaisir à humilier les domestiques indigènes et les hommes chargés des travaux agricoles. Elle avait une fille, Aparicia, qui approchait la quarantaine et se mouvait gauchement, comme pour s'excuser auprès des meubles de mesurer un mètre quatre-vingt-dix et de déplacer un corps qui, quoique bien proportionné, était volumineux. Dès le premier instant j'eus l'impression que cette femme sortait d'une peinture baroque ; les maîtres du baroque avaient peint des naines aux chairs généreuses. C'était comme si l'un d'eux, ayant bizarrement perdu le sens des proportions, avait représenté Aparicia sous les traits d'une grande femme opulente, puis l'avait extraite du tableau afin de ne pas trahir l'école. Son visage aurait pu être beau, mais il était déformé par un rictus d'amertume, peut-être de haine, hérité de la mère. Aparicia passait ses journées à broder, et bien que j'aie toujours détesté les comparaisons zoologiques, je ne pouvais m'approcher d'elle sans percevoir l'odeur caractéristique de lait aigre que dégagent les femelles en chaleur.

Le maître de maison était " l'éminente personnalité " de l'annonce, père de la veuve et vieux protagoniste d'affrontements pour le pouvoir survenus dans les années 20. Tout le monde lui donnait le grade garciamarquézien de colonel ; il se nourrissait de bouillies de yucca sucrées avec du miel de palme. Il y avait enfin le père Justiniano, un vieux prêtre aux allures d'urubu qui empestait l'alcool.

La vie à La Conquistada était réglée selon un rituel immuable. A sept heures du matin, je devais assister à la messe dans la chapelle familiale. Après le petit déjeuner, je discutais une heure ou deux avec le vieux colonel et le curé. Aussitôt après venait le déjeuner précédé d'une action de grâce. L'après-midi, la sieste achevée, je prenais le café avec les deux vieillards jusqu'à l'heure du rosaire. Après le dîner, nous passions au salon où Aparicia brodait, les vieux jouaient aux dominos et la veuve me racontait les exploits de l'*adelantado*.

66

Une semaine s'était écoulée lorsqu'un matin je sortis sous le porche et vis Aparicia qui parlait à un de ses oiseaux. Quand elle se rendit compte de ma présence, le sang envahit ses joues et sa respiration se fit haletante. Je l'avais apparemment surprise dans une situation très intime et je tentai de me tirer de ce mauvais pas par une remarque aimable.

— Vous avez de très beaux oiseaux. Comment s'appelle celui-ci ? lui demandai-je en désignant une cage au hasard.

— Oiseau-taureau, répondit-elle sans me regarder.

— Vous pouvez le faire chanter ?

— Il vaut mieux que cet oiseau ne chante pas, dit-elle.

Et elle s'éloigna laissant sous le porche des effluves de lait aigre.

Je restai devant la cage. L'oiseau enfermé mesurait une vingtaine de centimètres. Son plumage était d'un noir bleuté et brillant. Sa tête était surmontée d'une aigrette de plumes vertes et grises et sa gorge s'ornait d'un pectoral de plumes semblables à celles du paon. J'approchai une main et l'oiseau, sans doute effrayé, gonfla sa poitrine comme un crapaud et lança un cri totalement étranger à sa beauté fragile. Un cri grossier, bestial, semblable au mugissement d'un bovin à l'approche de l'orage.

Une femme de ménage s'approcha feignant de nettoyer la poussière sur la balustrade.

— Ne le faites pas chanter, patron. C'est un oiseau très malheureux. Chaque fois qu'il chante là-bas, dans la forêt, les autres oiseaux s'en vont et le laissent seul. Pauvre petit. C'est le préféré de mademoiselle Aparicia.

Les après-midi, la veuve souriait, satisfaite de me voir travailler sur mon cahier de notes, mais je commençais à considérer tout cela comme une perte de temps très bien payée. Les souvenirs de l'éminente personnalité se révélèrent affadis par l'artériosclérose et la censure du curé. Le pauvre vieux n'avait plus grand-chose du libéral qu'il avait été et il confondait parfois des épisodes vécus avec d'autres qui venaient de ses lectures. Ainsi il ne fallait pas s'étonner qu'il parle de l'assassinat d'Eloy Alfaro comme d'une conséquence des guerres napoléoniennes.

Au bout de quinze jours, je me dis que la vie à La Conquistada était les premières vacances que je prenais depuis de nombreuses années. Je mangeais bien, je dormais comme jamais, je respirais le meilleur air qui fût, je buvais de bons vins espagnols, la veuve me mettait au courant du commerce florissant de l'élevage et grâce à Aparicia j'avais toujours des vêtements propres et impeccablement repassés. Parfois, son odeur de femelle en chaleur me remuait le sang et je pensais qu'après une ou deux bouteilles, je me risquerais à entrer dans le lit de la brodeuse.

Chaque matin, à la messe, Aparicia s'asseyait à côté de moi. Je n'ai jamais pu comprendre ce qu'elle disait agenouillée devant une Vierge sculptée par Capiscara, qui faisait l'orgueil de la famille. Je ne comprenais pas ses paroles, mais je pouvais deviner à son expression que, loin de prier, elle proférait des imprécations, blasphémait peut-être, maudissait le triste sort qui avait fait d'elle une femme si grande et si corpulente.

Au cours de ces deux semaines, je remplis plusieurs

cahiers des souvenirs du colonel et des commentaires du curé. Du groupe, le vieux prêtre était celui qui m'intéressait le plus. En fin d'après-midi, à l'heure du rosaire, il avait déjà ingurgité plusieurs bouteilles d'alcool et il laissait alors libre cours à sa rancœur contre les habitants de l'Amazonie, qu'il traitait de sauvages, d'hérétiques, de dégénérés et accusait d'être les responsables de sa perdition. J'étais d'autant plus attiré par ce personnage de curé alcoolique que la cuisinière m'avait raconté qu'il avait été, dans sa jeunesse, missionnaire chez les Indiens :

— Il voulait être un saint, mais les Indiennes lui ont fait perdre la tête et la chasteté. Comme elles sont jolies et vivent nues, il a oublié le célibat. On dit qu'il a eu cinq enfants avec elles. Après, il est devenu fou en pensant que ces pauvres bâtards allaient tout nus, mangeaient de la viande crue et sautaient d'arbre en arbre comme les singes.

J'essayais de lui délier la langue, mais l'ivrogne était avare de paroles. Quand la *caña* ne lui permettait plus de tenir sur ses jambes, la veuve et Aparicia le transportaient sur une civière jusqu'à son lit. Puis elles revenaient en minimisant la dipsomanie de son Eminence ; la veuve m'offrait un verre de cognac et nous parlions des Mémoires du colonel, du temps que me prendrait la rédaction définitive et de la joie qu'elle éprouverait de les voir publiées.

La nuit qui précéda mon piteux départ de La Conquistada, elle me proposa un nouveau travail. Il s'agissait cette fois d'écrire la biographie de don Pedro de Sarmiento y Figueroa, l'*adelantado*. Sa proposition me fit frémir, car elle impliquait un voyage en Europe.

— Il vous faudra naturellement aller en Espagne pour vous documenter dans les archives des Indes. Mais nous en reparlerons quand les Mémoires du colonel auront vu le jour.

Cette nuit-là, j'eus beau me tourner et me retourner dans mon lit, je ne pus fermer l'œil. Cette famille, avec tous les anachronismes et la stupidité dont elle faisait étalage, était pour moi comme une mine d'or. J'étais tombé sans le vouloir sur le plus grand des gisements. Pour la première fois j'étais considéré et payé pour ce que j'avais toujours voulu faire : écrire. De plus, fleur du destin, on me mettait sur le chemin de l'Europe.

Je sortis de la chambre et me dirigeai vers la cuisine pour boire un verre de lait. Avec la cuisinière il y avait un homme que j'avais vu dresser un cheval. Il était vêtu de blanc avec le foulard rouge des paysans autour du cou.

Tandis que la cuisinière faisait chauffer une casserole de lait, le type m'observa de la tête aux pieds en souriant de manière assez cynique.

— Il faut le voir pour le croire, dit-il en éclatant de rire.

— Vous me trouvez drôle ?

— Pour être sincère, je vous trouve plus que ça : je vous trouve l'air couillon.

— Eh, doucement l'ami. Je ne vous connais pas et vous m'insultez. Je peux savoir pourquoi ?

— Ne dis rien, José. Tu vas t'attirer des ennuis, conseilla la cuisinière.

— Et merde ! Il faut bien que quelqu'un lui dise.

— Me dire quoi ?

Alors le type se redressa, marcha jusqu'à la porte et me fit signe de le suivre. Stupéfait, je regardai la cuisinière.

— Suivez-le, patron. Je crois que vous ne savez pas ce qui se passe.

Nous sortîmes dans la nuit froide du désert. D'un geste l'homme m'indiqua les écuries. Là, il m'offrit un siège sur une caisse et me tendit une bouteille.

— Buvez d'abord un bon coup. Vous allez en avoir besoin.

Je bus et je sentis mes tripes se déchirer. C'était du *puro*, l'alcool brut sorti des sucreries. Je me mis à tousser et le type me tapota le dos.

— Pardonnez-moi de vous avoir traité de couillon, mais vous le méritez.

— C'est pas grave. Vous avez une cigarette pour faire passer ce poison ?

D'une poche de sa chemise il tira deux longs cigares, m'en offrit un et en me donnant du feu me regarda dans les yeux comme on regarde un imbécile.

— Allez, videz votre sac.

— Ils sont en train de vous engraisser. Comme un porc.

— Je ne comprends pas.

— Seigneur, aie pitié des couillons ! Ils vous engraissent, mon vieux, mais pas pour vous conduire à l'abattoir. Pour vous marier.

— Qu'est-ce que vous dites ?

— Ils vont vous marier. La veuve a décidé que vous étiez l'homme indiqué pour la grande bringue. Célibataire, vous n'êtes pas d'ici, vous ne connaissez personne, pas de famille et, pardon si ça vous vexe, comme tous les écrivains, vous devez vivre dans la lune et donc vous ne mettrez jamais votre nez dans les affaires de la veuve. Bref, vous puez le bon mari.

— Vous êtes fou ! D'où sortez vous toutes ces idioties ?

— On voit bien que vous n'êtes pas d'ici, sinon vous auriez déjà compris. Réfléchissez : à la messe on vous place à côté de la grande bringue, à table vous êtes à côté de la grande bringue, et au rosaire encore une fois à côté de la grande bringue. Et qui lave et repasse vos vêtements ? La grande bringue. Qui fait votre lit et met des fleurs dans votre chambre ? La grande bringue. Vous avez vu ce qu'elle brode ? Des draps, mon ami. Des draps nuptiaux. Aucune femme d'ici ne fait ça en présence d'un homme qui n'est pas son fiancé.

Les paroles du paysan me laissèrent sans voix. La fumée du cigare me brûlait la gorge et je lui demandai qu'il me repasse la bouteille. Cette fois, le *puro* me sembla moins agressif et je commençai à trouver une certaine logique à toute cette affaire.

— Supposons que vous ayez raison. Pourquoi vous me dites tout ça ?

— Parce que vous me faites de la peine, mon ami. Ecoutez : ici, nous sommes nombreux à vouloir épouser ce phénomène, pour l'hacienda, bien entendu. Mais comme nous sommes fiers, aucun de nous n'est prêt à renoncer à son nom. Vous ne comprenez pas ? Vous, ils vous engraissent pour que vous soyez l'étalon qui sauvera la caste des Sarmiento y Figueroa. La veuve est une vieille folle et comme le vieux et le curé, elle veut à tout prix que sa grande bringue tombe enceinte et accouche d'un ou plusieurs petits mâles qui prolongeront la lignée de *l'adelantado* ou comme on voudra appeler cet Espagnol de merde. Elle est veuve, c'est vrai, mais avant de le devenir, elle a passé sa vie à maudire le père de la grande bringue, un type de Latacunga qui l'a quittée et qui a bien fait. A la naissance d'Aparicia le vieux crétin de colonel les a fait fouetter tous les deux pour avoir engendré une fille au lieu du mâle qu'il attendait. Vous comprenez ? Et si vous vous demandez pourquoi la veuve ne s'est pas fait engrosser par un autre homme, la réponse est : parce que le descendant des Sarmiento y Figueroa ne doit pas avoir du sang indien dans les veines. Vous avez compris maintenant ?

— J'ai du sang des Indiens de mon pays, répliquai-je.

— Les Indiens de là-bas doivent être bien couillons. Nous ici, nous savons où nous mettons les pieds. Ils vont vous marier, mon ami. Et je vous plains si vous n'engrossez pas la grande bringue dare-dare, et malheur à vous si elle n'accouche pas d'un garçon.

— Et si je refuse ?

— Mon ami, pas un ici n'aimerait être dans la peau d'un étranger qui se permet d'offenser les maîtres de La Conquistada...

A la tombée du jour, les camionneurs me laissèrent à Ibarra. Après avoir pris congé d'eux et des porcs, la première chose que je fis fut d'appeler à Quito un ami avocat, afin de connaître son opinion sur l'affaire.

— Tu t'es mis dans de sales draps. Ces paranoïaques sont imprévisibles si on les atteint dans leur orgueil.

— Mais c'est absurde. Toute cette affaire est absurde.

— En Equateur, tout est tellement absurde que plus personne ne s'étonne de rien. Les Sarmiento y Figueroa font partie des quarante familles auxquelles tout est permis. Disparais pour un bon moment.

Je suivis le conseil de mon ami. Je gagnai Bogotá et de là Cartagena de Indias. J'ignore si la veuve a tenté quelque chose contre moi. Et j'ai oublié cette histoire jusqu'à ce que quelques années plus tard, mon chemin me ramène en Equateur. A la foire d'Otavalo, je tombai sur la cuisinière de La Conquistada.

La brave femme ne travaillait plus à l'hacienda et était devenue marchande ambulante de cochons d'Inde grillés. Elle me proposa sa petite chaise d'osier et, après m'avoir offert le plus dodu de ses savoureux rongeurs, elle me raconta la fin de l'histoire.

— Quand ils se sont rendu compte de votre fuite, la veuve et les deux vieux ont donné une terrible raclée à mademoiselle Aparicia. Ils la frappaient et hurlaient qu'elle était stupide de n'avoir pas été fichue d'entrer dans votre lit. A la fin, la pauvre petite, toute contusionnée et pleine de bleus, trouva encore la force de tuer tous les oiseaux dans les cages. Elle n'en a épargné qu'un. L'oiseau noir de la forêt qui mugissait comme une vache. Elle m'a fait de la peine, la pauvre mademoiselle, mais j'étais contente pour vous.

— Et qu'est-ce qui s'est passé ensuite ?

— Quatre ou cinq mois plus tard est arrivé un autre jeune homme pour écrire les Mémoires du colonel. Il parlait bizarrement. Il disait *obrigado* chaque fois qu'on le servait.

– Un Brésilien. Peu importe. Continuez.

– Ils l'ont marié avec mademoiselle. Enfin ça a marché.

– Et... ?

– C'est tout. Il y a maintenant un petit garçon à l'hacienda. Vous voulez savoir comment il s'appelle ? Pedrito de Sarmiento y Figueroa, dit la cuisinière, avec ce merveilleux sourire qui n'appartient qu'aux femmes d'Otavalo.

Troisième partie
Notes sur un voyage de retour

Un

— Bon, nous y voilà, dis-je à voix basse. Une mouette tourne la tête pour me regarder quelques secondes. " Encore un cinglé ", doit-elle penser, car en réalité, je suis seul, face à la mer, à Chonchi, un port de la grande île de Chiloé, loin au sud.

J'attends qu'on donne l'ordre d'embarquer sur *El Colono*, un ferry rouge et blanc qui, après des décennies de navigation dans la Baltique, la Méditerranée et l'Adriatique, est venu sillonner les froides, profondes et imprévisibles eaux australes.

Après un voyage de vingt-quatre heures – plus sûrement une trentaine en tenant compte des caprices de la mer et des vents –, *El Colono* me laissera cinq cents milles plus au sud, au centre de la Patagonie chilienne.

Tandis que j'attends, je pense à ces deux vieux gringos qui ont tiré les fils fragiles du destin et permis que Bruce Chatwin et moi nous nous rencontrions un après-midi d'hiver, au café Zurich de Barcelone.

Un Anglais et un Chilien. Et, comme si cela ne suffisait pas, deux types n'éprouvant que peu de tendresse pour le mot patrie. L'Anglais, nomade, parce qu'il ne pouvait vivre autrement, et le Chilien, exilé pour la même raison. Ah ! On devrait interdire ce genre de rencontres, ou du moins s'assurer que cela ne se passe pas devant des mineurs.

Le rendez-vous, organisé par l'éditeur espagnol de Bruce, était à midi, et j'arrivai à midi pile. L'Anglais était déjà là, installé devant une bière, en train de lire les perverses bandes dessinées de *El Víbora*. Pour attirer son attention je toquai quelques petits coups sur la table.

L'Anglais leva la tête et but une gorgée avant de parler.

— Un Sud-Américain ponctuel, à la rigueur je peux le supporter, mais un individu qui a vécu des années en Allemagne et qui arrive sans fleurs à un premier rendez-vous, c'est tout simplement intolérable.

— Si tu veux, je reviens dans un quart d'heure, et avec des fleurs, répondis-je.

D'un geste il me désigna une chaise. Je m'assis, allumai une cigarette et nous nous regardâmes sans dire un mot. Il savait que je connaissais l'histoire des deux gringos et je savais que lui aussi la connaissait, l'histoire des deux gringos.

— Tu es de Patagonie ? demanda-t-il en rompant le silence.

— Non, plus au nord.

— Tant mieux. On ne peut pas croire le quart de ce que racontent les Patagons. Ce sont les plus grands menteurs de la terre, dit-il en prenant son verre de bière.

Je me sentis obligé de riposter.

— Ce sont les Anglais qui leur ont appris à mentir. Tu

80

connais les mensonges que Fitz Roy a racontés à ce pauvre Jimmy Button ?

— Un partout, dit Bruce et il me tendit la main.

Le rituel de présentation s'étant bien déroulé, nous nous mîmes à parler des deux vieux gringos qui, d'un lieu absent des cartes, nous observaient peut-être, contents d'être témoins de cette rencontre. Plusieurs années ont passé depuis cette mi-journée à Barcelone. Plusieurs années et quelques heures, car en ce moment, alors que j'attends que les dockers finissent de charger *El Colono* et me permettent de monter à bord, il est trois heures de l'après-midi d'un autre jour de février. Officiellement c'est l'été dans l'hémisphère Sud, mais le vent glacé du Pacifique n'accorde aucune importance à un tel détail et souffle en rafales qui engourdissent jusqu'aux os et obligent à chercher la chaleur dans les souvenirs.

Les deux gringos, dont nous avions parlé à Barcelone, ont consacré une grande partie de leur vie aux activités bancaires, lesquelles, comme on le sait, peuvent se pratiquer de deux manières : en étant banquier ou pilleur de banques. Ils choisirent la deuxième, car, gringos jusqu'au bout des ongles, le puritanisme caritatif qui coulait dans leurs veines les obligeait à partager rapidement leur butin. Ils le partageaient avec des actrices de Baltimore, des cantatrices de New York, des cuisiniers chinois de San Francisco, des prostituées au teint chocolat des bordels de Kingston ou de La Havane, des voyantes et des sorcières de La Paz, des poétesses douteuses de Santa Cruz, des muses mélancoliques de Buenos Aires, des veuves de marins de Punta Arenas, et finirent par financer d'impossibles révolutions en Patagonie et en Terre de Feu. Ils s'appelaient Robert Leroy Parker et Harry Longabaugh, mister Wilson et mister Evans, Billy et Jack, don Pedro et don José. Mais ils entrèrent dans les immenses prairies de la légende sous les noms de Butch Cassidy et Sundance Kid.

Je me rappelle cela tandis que j'attends, assis sur une barrique de vin, face à la mer, au bout du monde, et je prends des notes sur un carnet aux pages quadrillées que Bruce m'a offert précisément pour ce voyage. Il ne s'agit pas d'un carnet ordinaire. C'est une pièce de musée, un de ces authentiques carnets de moleskine si appréciés par des écrivains comme Céline ou Hemingway, et à présent introuvables dans les papeteries. Bruce m'avait suggéré de faire comme lui avant de m'en servir : numéroter les pages, écrire au verso de la couverture au moins deux adresses dans le monde et une promesse de récompense à celui qui restituerait le carnet en cas de perte. Lorsque je lui fis remarquer que tout cela me semblait trop anglais, Bruce me répondit que c'était justement grâce à de telles précautions que les Anglais conservaient l'illusion d'être un empire ; dans leurs colonies, ils avaient gravé en lettres de sang et de feu l'idée de l'appartenance à l'Angleterre, et lorsqu'ils les perdirent, ils purent néanmoins les récupérer, moyennant une petite récompense économique, sous le nom euphémique de Communauté britannique.

Les carnets de moleskine étaient fabriqués depuis le début du siècle par la famille d'un relieur de Tours, dont aucun descendant, à la mort de ce dernier, n'avait voulu perpétuer la tradition. Inutile de le déplorer ; ce sont les règles du jeu imposées par une prétendue modernité, qui s'emploie jour après jour à éliminer des rites, des coutumes et des détails, dont nous nous souviendrons bientôt avec nostalgie.

Une voix annonce l'appareillage " dans quelques minutes ", mais ne dit pas combien.

La plupart des petits ports et villages de l'île de Chiloé ont été fondés par des corsaires, ou pour se défendre contre eux, au cours du XVIe et du XVIIe siècle. Corsaires ou hidalgos, tous devaient franchir le détroit de Magellan et donc faire escale dans des lieux tels que Chonchi afin de se ravitailler. Le caractère utilitaire des édifices est un héritage de cette époque ; tous remplissent une double fonction, l'une des deux étant essentielle : bar et quincaillerie, bar et bureau de poste, bar et agence de cabotage, bar et pharmacie, bar et pompes funèbres. J'entre dans un " Bar et Vétérinaire ", dont l'enseigne qui pend à l'entrée offre un service supplémentaire :

TRAITEMENT CONTRE LA GALE ET LES DIARRHÉES
ANIMALES ET HUMAINES.

Je m'installe à une table près de la fenêtre. Aux tables voisines, les clients jouent au *truco*, un jeu de cartes qui autorise toute une gamme de clins d'œil entre équipiers et qui exige que les cartes jouées soient accompagnées de vers rigoureusement rimés. Je commande du vin.

— *Vino* ou *vinito* ? demande le garçon.

Je suis né dans ce pays, un peu plus au nord, certes, mais deux mille kilomètres à peine séparent Chonchi de ma ville natale. Peut-être à cause de ma longue absence j'ai oublié l'importance de certaines précisions. Sans réfléchir, je persiste à demander du vin.

Peu après, le garçon revient avec un énorme verre qui contient presque un litre. Dans ce grand sud, il vaut mieux ne pas oublier les diminutifs.

Le vin est bon. C'est un *pipeño*[1], jeune, légèrement acide, âpre, sauvage comme la nature qui m'attend au-delà de cette porte. Il se laisse délicieusement boire et voilà que me revient en mémoire une histoire que Bruce aimait raconter.

Lors d'un voyage de retour de Patagonie, son sac à dos bourré de carnets de moleskine noircis de notes qui deviendraient plus tard *En Patagonie*, un des meilleurs livres de voyages de tous les temps, Bruce s'arrêta à Cucao, sur la côte orientale de l'île de Chiloé. Il avait une faim de loup depuis plusieurs jours et désirait manger, sans toutefois se remplir exagérément la panse.

– S'il vous plaît, je voudrais manger quelque chose de léger, demanda-t-il au garçon du restaurant.

On lui servit un demi-gigot d'agneau grillé et lorsqu'il répéta qu'il voulait manger quelque chose de léger, il reçut une de ces réponses qui laissent sans voix :

– C'était un agneau très maigre. Monsieur, vous n'en trouverez pas de plus léger dans toute l'île.

Curieux individus que ceux de Chiloé. Et comme c'est l'antichambre de la Patagonie, ici commencent les naïves et belles extravagances que l'on verra ou entendra plus au sud. Un professeur argentin m'a raconté une superbe

1. Au tonneau.

histoire. Un de ses élèves avait écrit à propos de l'horloge : " L'horloge sert à peser les retards. Il arrive aussi que l'horloge tombe en panne et comme l'auto perd de l'huile, l'horloge perd du temps. "

Qui a dit que le surréalisme était mort ?

L'agitation augmente sur le quai. Les grands camions sont montés à bord et maintenant c'est au tour des petits véhicules. Sous peu on appellera les passagers, dès que l'arrimage de la cargaison sera terminé. Les Chilotes sont des gens vigoureux. De petite taille, les jambes courtes mais solides, ils portent en trottinant de lourds sacs de patates et de légumineuses, des rouleaux de toile, des ustensiles de cuisine, des caisses de sel, des sacs de maté, de thé et de sucre, des marchandises appartenant à des commerçants, la plupart fils ou petits-fils de Libanais qui, une fois à terre, feront avec leur caravane de chevaux la tournée des haciendas et des hameaux perdus dans les cordillères, au bord des fjords ou dans la pampa infinie.

Je vide mon verre. L'agitation portuaire s'infiltre dans mes veines et tout mon corps désire partir.

Ce voyage a commencé il y a des années, peu importe combien. Il a commencé par une froide journée de février, à Barcelone, avec Bruce, autour d'une table du café Zurich. Les deux vieux gringos nous tenaient compagnie, mais ils n'étaient visibles que de nous seuls. Nous étions quatre autour de la table, de sorte que nul ne s'étonnera que nous ayons vidé deux bouteilles de cognac.

Nous ne saurons peut-être jamais comment les deux bandits organisaient leurs attaques de banques, mais je peux raconter comment un Anglais et un Chilien, passablement ivres à cinq heures de l'après-midi, ont planifié un voyage au bout du monde.

— Quand partons-nous, le Chilien ?

— Quand ils me laisseront rentrer, l'Anglais.

— Tu as encore des problèmes avec les primates qui gouvernent ton pays ?

— Moi, non. Ce sont eux qui ont des problèmes avec moi.

— Je vois. Peu importe. Ça nous permettra de mieux préparer le voyage.

Et ils se mirent à parler de sujets moins graves, comme le moyen de retrouver l'hacienda où Butch Cassidy et Sundance Kid auraient été, dit-on, décapités, la tombe où reposeraient les deux aventuriers, et de reconstituer les derniers jours de leurs vies, pour en arriver à noircir à quatre mains quelques centaines de pages sous forme de saga ou de roman.

Lorsque je reçus l'autorisation tant désirée de retourner au sud du monde, Bruce Chatwin avait déjà entrepris le grand voyage inéluctable. Je crois qu'en achetant tous les carnets en moleskine d'une vieille papeterie parisienne de la rue de l'Ancienne-Comédie, la seule qui en vendait, Bruce se préparait sans le savoir au voyage final. Où qu'il soit je me demande ce qu'il est en train d'écrire.

L'autorisation de revenir dans mon monde me surprit à Hambourg. Pendant neuf ans je m'étais rendu chaque lundi au consulat chilien afin de savoir si je pouvais rentrer au pays. Neuf années où j'ai reçu des centaines de fois la même réponse : " Non, votre nom est sur la liste de ceux qui ne peuvent pas rentrer. "

Et, brusquement, un lundi de janvier, le triste fonction-naire du consulat bouscula sa routine et mon habitude d'entendre ses " non " catégoriques : " Quand vous vou-drez. Vous pouvez rentrer quand vous le voudrez. Votre nom a été effacé de la liste. "

Je sortis du consulat en tremblant. Je restai de longues heures, assis au bord de l'Alster, jusqu'à ce que je me souvienne que les engagements à l'égard des amis sont sacrés, et je décidai de partir dans les jours suivants à la rencontre du bout du monde.

On appelle enfin les passagers. Allons-y, Bruce, mau-dit Anglais, tu voyageras en passager clandestin, caché dans les pages du carnet de moleskine. Demain soir, nous serons en Patagonie, sur les traces des deux vieux gringos qui ont donné naissance à cette aventure, et ni eux ni aucun des gauchos que tu connais ne s'étonneront de nous voir arriver, car dans la lourde solitude de leurs cabanes, les gens de Patagonie disent que " la mort com-mence lorsqu'on accepte de mourir ".

El Colono a largué les amarres, mais la passerelle d'em-barquement n'est pas encore relevée. Deux marins dis-cutent avec un vieillard pâle comme un linge, qui insiste pour monter à bord en traînant un cercueil. Ils disent que ça porte malheur. Le vieux réplique qu'il a droit à soixante-dix kilos de bagages. Les marins menacent de jeter le cercueil par-dessus bord. Le vieux crie qu'il a le cancer, et qu'il a droit à une sépulture décente parce qu'il est un gentleman. Finalement le capitaine intervient et un accord est trouvé : le vieux embarque avec son cer-cueil à condition qu'il s'engage à ne pas mourir pendant la traversée. Une poignée de mains scelle l'accord. Le vieux s'assoit sur son cercueil. Voilà de quoi nourrir mon carnet de moleskine.

Le bateau appareille, proue vers la baie de Corcovado. La nuit va tomber et je me réjouis de savoir que ma gourde est pleine de ce vigoureux *pipeño* et que j'ai une bonne provision de tabac. Mon carnet de moleskine est prêt à accueillir tout ce que je vois. Bientôt nous naviguerons dans la nuit australe, vers le bout du monde.

Lorsque brillera la Croix du Sud je boirai à la santé de ce maudit Anglais qui est parti le premier, et le vent m'apportera peut-être l'écho de deux chevaux montés par deux vieux gringos galopant sur la ligne floue de la côte, dans une région tellement vaste et hantée d'aventures qu'elle ne saurait être limitée par la mesquine frontière qui sépare la vie de la mort.

Deux

A l'entrée du grand fjord d'Aysén, *El Colono* diminue sa vitesse pour virer à quarante-cinq degrés, afin de pénétrer en Patagonie. La navigation devient alors très lente, presque monotone, comme les gestes des camionneurs qui voyagent sur le ferry et qui tuent le temps en jouant aux dominos, en buvant du maté amer et en se rasant devant les rétroviseurs de leurs camions. D'autres, ceux qui ne jouent pas ou ne s'astiquent pas, vérifient que le chargement des véhicules est solidement arrimé, que les sacs de patates, d'aulx, d'oignons, de légumes et de tout ce qui, ne pousse, ne fleurit, ni ne se fabrique, dans cette immense région, sont bien à leur place à l'arrière des camions, qui reposent comme des animaux endormis dans le ventre d'une baleine blanche et rouge.

Pas de vent ce matin, seule une brise légère signale que nous quittons le Pacifique pour pénétrer dans les eaux calmes du grand fjord. La surface de l'eau miroite comme une plaque de métal à laquelle le soleil naissant arrache des reflets argentés.

Sur la passerelle, le timonier et deux officiers scrutent

attentivement le tranquille sentier d'eau. Les hommes de mer préfèrent le fjord agité par la houle. Aux mouvements de l'eau ils reconnaissent les bancs de sable traîtres et les récifs tranchants cachés sous la surface. Rien de pire qu'un calme plat, disent les marins des mers australes. Nous naviguons cap au sud-ouest et avec un peu de chance nous pourrions accoster en un lieu nommé Trapananda.

Je demande à un camionneur comment on va à Trapananda.

— Je n'en ai pas la moindre idée. Le capitaine doit le savoir, dit-il sans cesser de se raser.

Non, ce type n'est pas un Patagon. Je repose la question à ceux qui boivent du maté :

— Comment on va à Trapananda ?

— Avec patience, mon vieux. Avec beaucoup de patience, me répond-il en m'observant d'un air complice.

Aucun doute, celui-ci est un Patagon.

Trapananda. En 1570, le gouverneur du Chili, don García Hurtado de Mendoza, avait conclu avec regret que les rumeurs au sujet de grands gisements d'or et d'argent au sud de La Frontera, dans le territoire dominé par le mont Ñielol, et d'où les Mapuche, Pehuenche et Tehuelche avaient entamé une guerre de résistance qui se prolongerait plus de quatre siècles – ils furent les premiers guerrilleros d'Amérique – n'étaient rien de plus que des racontars fondés sur des supercheries.

Don García Hurtado de Mendoza n'éprouvait qu'un médiocre intérêt pour les métaux précieux. C'était un agriculteur et, comme beaucoup d'autres conquistadors espagnols – notamment Pedro de Valdivia – il avait constaté avec satisfaction que le potentiel agricole des terres situées au nord du río Bío Bío était illimité. Là-bas, tout poussait. Il suffisait de lancer des graines et la terre fertile se chargeait du reste.

On pouvait même faire du vin. En 1562, sur les terres de l'*encomendero*[1] Jerónimo de Urmeneta, à vingt lieues au sud de Santiago del Nuevo Extremo, furent produites les premières cinquante barriques de vin chilien. C'était un jus épais, fort, sec et noir comme la nuit. Un bon vin de messe, meilleur encore sur les tables. Les descendants de l'*encomendero* continuèrent la production et de nos jours l'Urmeneta del Valle del Maipo est considéré comme un des meilleurs vins de la planète.

Tout poussait sur ces terres, mais l'Espagne réclamait de l'or et de l'argent, si bien que don García décida d'accorder quelque crédit aux rumeurs de richesses dorées et argentées.

La soldatesque parlait d'un mystérieux royaume de Tralalanda, Trapalanda ou Trapananda, dont les cités étaient pavées de lingots d'or et les portes des maisons tournaient sur des gonds de pur argent. Certains allèrent jusqu'à affirmer que Trapalanda, Tralalanda ou Trapananda n'était rien moins que la mythique Cité des Césars, une sorte d'Eldorado austral. Enfin, les rumeurs

1. L'*encomienda* était une institution espagnole de l'Amérique à l'époque coloniale. Elle consistait à diviser les Indiens en plusieurs groupes placés sous la tutelle d'un *encomendero*, pour lequel ils travaillaient et qui était chargé de les protéger et de les catéchiser.

soutenaient que ce royaume prodigieux s'étendait au sud du Reloncaví, à quelque mille deux cents kilomètres de la jeune capitale chilienne.

Don García Hurtado de Mendoza mit donc sur pied une expédition commandée par l'*adelantado* Arias Pardo Maldonado, à laquelle il confia la mission de conquérir, au nom de la Couronne d'Espagne, le royaume de Tralalanda, Trapalanda, Trapananda ou comme on voudra.

Nul historien n'a pu prouver qu'Arias Pardo Maldonado avait foulé les terres au sud du Reloncaví – Patagonie continentale – mais dans les Archives des Indes, à Séville, on peut lire des actes rédigés par l'*adelantado* :

" Les habitants de Trapananda sont grands, monstrueux et velus. Leurs pieds sont aussi longs et démesurés que leur démarche est lente et maladroite, ce qui fait d'eux une cible facile pour les arquebusiers.

" Les gens de Trapananda ont les oreilles si grandes qu'ils n'ont pas besoin pour dormir de couvertures ou de vêtements protecteurs, car ils se couvrent le corps avec leurs oreilles.

" Les gens de Trapananda dégagent une telle puanteur et pestilence qu'ils ne se supportent pas entre eux, de sorte qu'ils ne s'approchent, ne s'accouplent ni n'ont de descendance. "

Il importe peu de savoir si Arias Pardo Maldonado découvrit Trapananda et s'il foula le sol de la Patagonie. Avec lui naît la littérature fantastique du continent américain, notre imagination débridée, et cela suffit pour lui accorder une légitimité historique.

Peut-être arriva-t-il en Patagonie et, séduit par ses paysages, a-t-il inventé ces histoires d'êtres monstrueux pour éviter d'autres expéditions. Si telle fut son intention, il a pleinement réussi, car la Patagonie chilienne resta un territoire vierge jusqu'au début de notre siècle, où commença sa colonisation.

Nous avons navigué quelque cinq milles vers l'intérieur des terres lorsque *El Colono* réduit de nouveau sa vitesse. Comme d'autres passagers, je me penche sur la rambarde de tribord pour voir ce qui se passe. Avec un peu de chance on peut parfois observer les évolutions d'une baleine ou d'une bande de dauphins. Aujourd'hui, il ne s'agit pas de cétacés mais d'un bateau qui gagne en netteté à mesure qu'il se rapproche.

C'est une chaloupe chilote. Une petite embarcation d'environ huit mètres de long sur trois de large, poussée par la brise qui gonfle son unique voile. Je la regarde s'approcher et je sais que ce fragile bateau fait partie de ce qui m'appelait dans ce grand sud.

" Qui ose, mange ", disent les Chilotes. Celui que je vois passer, assis à la poupe, les mains fermement serrées sur la barre du gouvernail, telle une prolongation de son corps qui s'enfonce dans l'eau par l'amure de poupe, est un Chilote qui a osé " élever " des hêtres, des mélèzes, des peupliers, des eucalyptus, des tecks, a guidé leur croissance de longues années durant en leur suspendant des pierres de différents poids, jusqu'à ce que les troncs atteignent la maturité et les courbures exigées pour obtenir une mâture ferme et souple. Je le vois remercier d'un signe de la main le capitaine d'avoir donné l'ordre de réduire la vitesse afin que le petit bateau ne soit pas

93

déstabilisé par les vagues que soulève *El Colono*. Il navigue maintenant sur le grand fjord et je sais qu'il se rend aussi à Corcovado, sur le terrible golfe de Penas, par les canaux Messier, El Indio, le détroit de Magellan, en haute mer, sans radar, sans radio, sans instruments de navigation, sans moteur auxiliaire, sans rien de plus, ni rien de moins, que sa connaissance de la mer et des vents.

Ce vagabond des mers est mon frère et il est le premier à me souhaiter la bienvenue en Patagonie.

Trois

Ladislao Eznaola et ses frères cadets, Iñaqui et Agustín, ont construit le bâtiment principal de leur estancia sur la rive nord d'un lac baptisé General Carrera, au Chili, et Buenos Aires, en territoire argentin. Un millier de bovins et quelque cinq mille ovins paissent sur les six mille hectares du domaine. Les Eznaola vivent de l'élevage et du commerce de produits arrivés du nord du Chili par bateau et qu'ils transportent dans leurs *chatas*, de puissantes camionnettes, jusqu'aux deux bacs qu'ils possèdent sur le lac.

Les habitants de Perito Moreno et d'autres localités de la Patagonie argentine accueillent avec soulagement les bacs des Eznaola, surtout pendant les longs mois d'hiver, quand ils cessent, à cause des chemins devenus impraticables, de recevoir du ravitaillement de Puerto Deseado ou de Comodoro Rivadavia, deux villes de la côte atlantique.

Ladislao me salue par une accolade effusive et je lui demande des nouvelles de son père, le légendaire Viejo Eznaola.

— Toujours pareil. Le vieux ne change pas, il ne changera jamais. Et il vient d'avoir quatre-vingt-deux ans, dit-il sur un ton à la fois amusé et soucieux.

"Toujours pareil", c'est la navigation. Le vieux Eznaola est un autre vagabond des mers, mais différent des Chilotes. Il navigue dans les canaux patagoniens à la recherche d'un bateau fantôme, soit le *Caleuche*, version australe du Hollandais Volant, soit le *Cacafuego*, un navire maudit de corsaires anglais condamné à errer éternellement dans les canaux sans pouvoir regagner la haute mer, prisonnier d'une malédiction parce que l'équipage s'est mutiné et a assassiné deux capitaines. Cette malédiction dure depuis quatre cents ans et le vieux Eznaola juge que ces malheureux ont trop souffert. C'est pourquoi il sillonne les canaux sur son cotre en arborant une bannière d'amnistie. Il les cherche pour les reconduire, comme un bateau pilote, vers la liberté du grand large.

— Servez-vous. Et ne faites pas de manières, fit Marta, la femme de Ladislao en me tendant une assiette avec deux *empanadas*.

Je salue les dames de l'estancia. Marta est vétérinaire ; Isabel, la femme d'Iñaqui, est professeur et se consacre à l'éducation de la nouvelle génération des Eznaola et des autres enfants de l'estancia. Flor, la femme d'Agustín, est déjà une légende en Patagonie. Elle était infirmière à l'hôpital de Río Mayo, en Argentine. Agustín était depuis toujours amoureux d'elle mais n'osait pas lui avouer ses sentiments. Il la voyait une fois par an et après chaque visite il suffoquait d'amour. Un jour il apprit que Flor allait se marier avec un employé de banque. Agustín

96

prit sa guitare, grimpa sur sa *chata* et demanda à ses frères et à ses belles-sœurs de décorer la maison car il reviendrait avec la femme de ses rêves.

Il arriva à Río Mayo le dimanche de la noce et, guitare en main, il s'installa dans l'église pour attendre la femme qu'il aimait. Flor apparut dans sa robe de mariée, accompagnée de ses parents. Le fiancé n'allait pas tarder à se présenter. Agustín demanda à Flor de l'écouter sans rien dire jusqu'à l'arrivée du fiancé. Il empoigna sa guitare et commença à égrener des dizains dans lesquels son amour se montrait dans toute la beauté de la poésie et de la douleur de celui qui l'aimait et l'aimerait jusqu'à la mort et au-delà. Lorsque le fiancé arriva, il voulut interrompre le chanteur, mais Flor et les habitants de Río Mayo l'en empêchèrent. Agustín chanta pendant deux heures et, à la fin, alors qu'il s'apprêtait à briser la guitare afin que nul ne puisse flétrir son chant d'amour, Flor lui prit la main, l'entraîna vers la camionnette et ils prirent tous deux le chemin de l'estancia. Flor arriva dans sa robe de mariée et depuis lors, Agustín, qui est un des meilleurs *payadores*[1] de la région, l'appelle " ma muse blanche ".

— Et don Baldo Araya ? demandé-je, inquiet de ne pas voir un de mes meilleurs amis patagons.

— Il ne va pas tarder. Il est avec les gens de la radio. Tous les autres sont là. Approche, je vais te les présenter, me propose Ladislao.

— Santos Gamboa, de Río Mayo.

---

1. Chanteur et poète populaire qui se produit dans les estancias en improvisant à la demande de l'auditoire.

– A votre service, mon ami, dit ce dernier en portant
deux doigts au bord de son chapeau de gaucho.

– Il y a encore de la musique à Río Mayo ?

Le gaucho se gratte la nuque avant de répondre par
l'affirmative.

Río Mayo est une petite ville de la Patagonie argentine,
balayée jour et nuit par un vent violent qui arrive de l'Atlantique en soulevant dans la pampa des tonnes de poussière, des arbustes de calafate et des touffes de coirón.
Les tourbillons de poussière sont tels que d'un trottoir à
l'autre on ne se voit pas.

En 1977, durant la dictature militaire argentine, un
colonel du régiment des Fusiliers du Chubut eut une
idée géniale – génie militaire, il va de soi – pour empêcher
d'éventuelles manifestations de conspirateurs. A chaque
carrefour, il fit accrocher aux poteaux de l'éclairage des
haut-parleurs qui bombardaient la ville de musique militaire – qu'on me pardonne de l'appeler musique – de sept
heures du matin à sept heures du soir. Lorsque l'Argentine réintégra la communauté internationale, malgré une
démocratie sous haute surveillance, les nouvelles autorités ne voulurent pas retirer les haut-parleurs pour éviter
de contrarier les militaires, si bien que la population de
Río Mayo continua d'endurer douze heures quoti-
diennes de bombardement de décibels. Depuis 1977, les
oiseaux de Patagonie évitent de survoler la ville et la plupart des habitants souffrent de problèmes auditifs.

– Lorenzo Urriola, de Perito Moreno. Carlos Hainz,
de Coyhaique. Marcos Santelices, de Chile Chico. Isidoro
Cruz, de Las Heras. Ladislao poursuit les présentations.

— Il se fait tard. On devrait s'y mettre. Baldo et les gens de la radio perdront le début, dit Iñaqui en me tendant un melon ouvert à une extrémité, vidé de sa pulpe et rempli d'un rafraîchissant vin blanc.

Des péons apportent le premier agneau et commence la *capa*, la castration des bêtes écartées de la reproduction, dont le destin sera de grossir pour produire des kilos et des kilos de viande.

Marcos Santelices se charge du premier agneau. Deux péons le couchent sur une table et lui écartent les pattes de derrière afin que Santelices, après avoir vérifié le fil de son couteau à manche d'argent, rase la fine pilosité qui couvre les testicules de l'agneau effrayé. Quand la peau est rosée et bien propre, Santelices plante le couteau sur la table et penche la tête entre les pattes de l'animal. D'une main, il saisit délicatement les testicules tandis que de l'autre il cherche les veines sous la peau qui les enveloppe. Lorsqu'il les a trouvées, il presse fortement afin d'arrêter le flux sanguin et déchire d'un coup de dents la bourse scrotale.

Nul ne remarque le moment où les testicules de l'agneau passent dans la bouche de Santelices, mais on le voit peu après reculer d'un pas et les recracher dans une cuvette, tandis que les assistants nouent la bourse vide et inutile afin d'éviter l'hémorragie. Et nous saluons tous le geste expert du gaucho de Chile Chico. L'agneau " châtré avec les dents " ne doit pas perdre une goutte de sang.

Une douzaine d'animaux sont passés ainsi entre les dents des châtreurs et nous sommes en train de dévorer les délicieux testicules grillés lorsque nous voyons arriver la jeep ornée du logotype de *RADIO VENTISQUERO, LA VOZ DE LA PATAGONIA*[1].

Le premier que je vois descendre de la jeep est Baldo Araya, l'obstiné professeur du lycée de Coyhaique et historien de la Patagonie qui, pendant les années grises de la dictature chilienne, refusa de chanter les strophes que les gorilles avaient ajoutées à l'hymne national. Lorsque chaque lundi élèves et professeurs entonnaient l'odieux " vos noms, vaillants soldats qui avez été du Chili le soutien… ", seul Baldo Araya restait muet. Il fut tabassé, emprisonné durant des mois sous l'accusation d'outrage aux autorités, mais rien ne put lui faire courber l'échine. Finalement, on décida de l'expulser du lycée, mais un matin, devant la porte du régiment Baquedano on retrouva un des chiens de garde égorgé avec une note dans la gueule : " Crétins, vous ne voyez pas que vous êtes cernés ? Vous à l'intérieur de la caserne et nous dehors. Laissez en paix le professeur Araya. "

Il ne fut pas expulsé mais on cessa de lui verser son salaire. Baldo ne s'en soucia pas et continua de donner ses cours d'histoire universelle. Pendant quatorze ans il vécut grâce à l'opiniâtre solidarité des Patagons. Il ne manqua jamais d'un baril de vin, ni de poules pondeuses d'œufs marrons ni de viande pour les grillades dominicales.

– J'ai vécu grâce aux subventions du peuple, avait conclu Baldo après m'avoir raconté son histoire il y a quelques années.

1. Radio glacier (ou bourrasque) la Voix de la Patagonie.

Un des autres passagers de la jeep est Jorge Díaz, présentateur, directeur, chef de programmes, rédacteur, disc-jockey et technicien de Radio Ventisquero. En 1972, Jorge Díaz, successivement chroniqueur sportif, chauffeur de camion, patron de bateau de pêche, mineur et chanteur de tango, eut l'idée d'ouvrir une station de radio différente de celles dont les ondes parvenaient dans les régions australes. Ce devait être une radio au service de ces gens qui, durant les longs hivers sans routes, sans téléphone, sans courrier, étaient complètement isolés. Avec ses économies et celles de quelques amis il acheta du matériel d'occasion, l'installa, obtint l'autorisation d'occuper une fréquence et commença d'émettre sur les grandes ondes.

Aquí Patagonia, une émission de deux heures, devint rapidement très populaire. Elle diffusait des informations utiles à tous : " Nous informons la famille Morán, du lac Cochrane, que don Evaristo est en route. Préparez-lui des chevaux frais car il est très chargé et des amis sont avec lui ", ou " La famille Braun, du lac Elizalde, invite tous les habitants de la région et ceux qui écoutent cette émission à participer à une fête en l'honneur du mariage de leur fils aîné, Octavio Braun, avec Mlle Faumelinda Brautigam. Il y aura des tournois de *truco* et de *taba*[1], œ dressage de chevaux et un *asado* d'agneau, de porc et de bœuf. Et il y aura aussi des soirées de poésie avec Santos de la Roca, le *payador* de Río Gallegos. Il est recommandé de venir avec des tentes pour passer la nuit. La fête durera une semaine… "

1. Jeu de cartes et jeu de hasard et d'adresse basé sur le lancer d'un os.

En 1976, la dictature commença à condamner des prisonniers politiques à la relégation en Patagonie. La correspondance que ces exilés recevaient ou envoyaient à leur famille passait d'abord par la censure militaire qui généralement détruisait les lettres. C'est alors que Radio Ventisquero, la Voz de la Patagonia se mit à transmettre des messages sur ondes courtes et les relégués non seulement purent communiquer avec leur famille mais aussi diffuser une émission d'analyse politique. En quelques mois, Radio Ventisquero fut écoutée jusqu'à Arica, à la frontière péruvienne, à presque quatre mille kilomètres de distance.

La réaction des militaires ne se fit pas attendre. Une nuit, des " mains anonymes " dynamitèrent l'antenne pendant le couvre-feu. La réponse des Patagons elle non plus ne traîna guère : Jorge Díaz reçut les troncs d'eucalyptus les plus longs et les plus flexibles afin de dresser une antenne chaque fois que cela sera nécessaire. Et les émissions continuèrent. Continuent. Et continueront.

Ladislao Eznaola demande un instant de silence en frappant le gril de son couteau.

— Les amis, comme il est de tradition dans notre estancia, nous allons inaugurer le dix-huitième concours de mensonges de Patagonie. Tous les mensonges racontés ici seront retransmis un peu plus tard par Radio Ventisquero. Jorge Díaz les enregistrera, ne soyez donc pas intimidés par le micro. Et comme toujours, une vachette Holsten récompensera le vainqueur.

Existe-t-il de par le monde un concours semblable a celui-ci, un concours de mensonges ?

Isidoro Cruz, de Las Heras, province du Chubut, boit une longue gorgée de vin avant de commencer.

— Ce que je vais raconter s'est passé il y a pas mal de temps, l'année du terrible hiver, vous devez vous en souvenir. J'étais pauvre et maigre, si maigre que je n'avais pas d'ombre, si maigre que je ne pouvais pas mettre de poncho, car à peine je passais la tête dans le trou qu'il retombait aux pieds. Un matin, je me dis : " Isidoro, ça ne peut plus durer, pars au Chili. " Comme mon cheval était aussi maigre que moi, avant de l'enfourcher, je lui dis : " Che, rossinante, tu crois que tu peux me porter ? " Il me répondit : " Oui, mais sans la selle. Assieds-toi entre mes côtes. " Je suivis le conseil du cheval et nous voilà partis pour traverser la cordillère. Je m'approchais de la frontière chilienne lorsque j'entendis, venant d'un lieu proche, une voix faible, très faible, qui disait : " Je n'en peux plus, je reste ici. " Effrayé, je regardai partout, cherchant à qui appartenait cette voix, mais je ne vis personne. Alors je m'adressai à la solitude : " Je ne te vois pas. Montre-toi. " La faible voix se fit de nouveau entendre : " Sous ton aisselle gauche. Je suis sous ton aisselle gauche. " Je touchai ma peau et sentis quelque chose dans les plis de l'aisselle. Lorsque je ressortis la main, un pou apparut accroché à un doigt, un pou aussi maigre que mon cheval et que moi-même. Pauvre pou, pensai-je, et je lui demandai depuis combien de temps il vivait sur mon corps. " Longtemps, depuis des années. Mais le moment est venu de nous séparer. Bien que je ne pèse pas un gramme, je suis une charge inutile pour toi et pour le cheval. Dépose-moi par terre, camarade. " Je sentis que

103

le pou avait raison et je le déposai sous une pierre, caché afin qu'il ne soit pas mangé par un oiseau de montagne. Et en le quittant, je lui dis : " Si ça marche bien au Chili, je reviens te chercher à mon retour et je te laisse me piquer autant que tu voudras. "

Au Chili, tout marcha bien. Je pris du poids, le cheval aussi grossit, et lorsque au bout d'un an nous prîmes le chemin du retour, la bourse pleine, avec une selle et des éperons neufs, je cherchai le pou là où je l'avais laissé. Et je le trouvai. Il était transparent, encore plus maigre et ne bougeait presque plus. " Eh, che, je suis là. Viens et pique, pique tout ce que tu veux ", lui dis-je en le mettant sous mon aisselle gauche. Et le pou piqua, légèrement d'abord, puis plus fort, avide de sang. Soudain il se mit à rire et moi aussi je ris et le rire s'empara du cheval. Nous franchîmes la cordillère en riant, ivres de joie, et depuis lors, ce col de montagne s'appelle Paso de la Alegría. Tout cela s'est passé, je l'ai dit, il y a pas de mal de temps, l'année du terrible hiver…

Isidoro Cruz achève son histoire l'air grave. Les gauchos discutent les arguments, les évaluent, concluent que c'est un joli mensonge, applaudissent, boivent, promettent de ne pas l'oublier, et c'est au tour de Carlos Hein, un gaucho blond de Coyhaique.

A la tombée de la nuit, les gauchos continuent de raconter leurs mensonges autour du feu. Des péons font griller deux agneaux. Les femmes de l'estancia annoncent qu'on peut passer à table. Baldo Araya et moi décidons de faire quelques pas jusqu'aux buissons de mûres.

Et là, en pissant copieusement, je lève la tête vers le ciel constellé d'étoiles, de milliers d'étoiles.

— Pas mal, l'histoire du pou, commente Balbo.

— Et ce ciel ? Et toutes ces étoiles, Baldo ? Un autre mensonge de la Patagonie ?

— Quelle importance ? Sur cette terre nous mentons pour être heureux. Mais personne ici ne confond mensonge et duperie.

Quatre

Los Antiguos est une petite ville frontière située sur la rive sud du lac Buenos Aires, en Patagonie argentine. Les pentes douces qui bordent le lac offrent le douloureux témoignage d'une grandeur qui n'est plus aujourd'hui qu'un souvenir. Ce sont les restes de milliers de géants abattus, vestiges de trois cent mille hectares de forêts calcinées, dévastées par le feu afin de laisser place aux prairies dont les éleveurs de bétail avaient besoin. Certains troncs carbonisés ont un diamètre supérieur à la taille d'un homme.

Pablo Casorla est un ingénieur forestier qui s'est installé à Los Antiguos dans le but de dresser un cadastre des dernières richesses forestières. Il rêve d'une réserve de forêts protégées par l'Unesco, quelque chose comme un vert patrimoine de l'humanité qui permettrait aux générations futures d'imaginer l'aspect de cette région avant l'arrivée du progrès douteux. Je le vois descendre de cheval pour examiner un tronc.

— Cet arbre avait entre huit cents et mille ans. Il devait mesurer dans les soixante-dix mètres, dit-il d'une voix qui ne cherche pas à dissimuler sa tristesse.

— Tu sais quand il a été brûlé ?

— Environ une trentaine d'années.

Trente ans. Une mort récente. Trente ans, c'est à peine un soupir pour l'âge de ces géants vaincus, dont les cicatrices témoignent des ravages du feu.

— C'est encore loin ?

— Nous sommes arrivés. Voici la cabane, répond-il en montrant une construction.

A mesure que nous approchons, je découvre la solidité des troncs avec lesquels elle fut construite. Elle n'a pas de porte et les cadres des fenêtres évoquent des orbites vides. Sans descendre de cheval nous entrons dans une grande dépendance avec une cheminée de pierre adossée au mur. Là, des vaches ruminent et nous regardent avec des yeux languides, comme si elles étaient habituées à opposer une impassibilité réprobatrice aux intrus qui osent envahir leur club. Par courtoisie nous mettons pied à terre.

— Elle a été construite en 1913. Ces types étaient de bons charpentiers. Regarde comme les poutres sont bien assemblées, me fait observer Pablo Casorla.

En effet, on peut apprécier sur ces poutres noircies qui soutiennent la toiture le fin travail de mains formées à la gouge et à la varlope, à l'art de l'assemblage précis.

Ceux qui avaient construit cette cabane étaient connus sous les noms de don Pedro et don José, mais on sait aujourd'hui qu'il s'agissait en réalité de Butch Cassidy et Sundance Kid. Ils ont construit plusieurs cabanes dans le sud et la plus connue se trouve aux environs de Cholila, dans une zone de forêts millénaires qui est aujourd'hui le

Parc national de Los Alerces. L'actuelle propriétaire est une Chilienne, doña Hermelinda Sepúlveda, qui accueillit un jour Bruce Chatwin alors qu'il visitait la région, et qui tenta de le marier avec une de ses filles, laquelle préféra accorder sa main à un camionneur.

– Ils ont vécu ici un peu plus de deux ans, puis ils sont partis au sud, près de Fuerte Bulnes, dans le détroit de Magellan. Là, ils ont organisé leur dernière grande attaque, celle de la Banque de Londres y Tarapacá, à Punta Arenas. J'aimerais tant qu'ils soient encore vivants, soupire Pablo Casorla.

– Vivants ? Mais ils seraient plus que centenaires.

– Et alors ? Celui qui naît cigale ne cesse jamais de chanter. Si ces deux-là vivaient, je les aiderais à attaquer des banques et avec le butin, on pourrait acheter la moitié de la Patagonie. Quel dommage qu'ils soient morts, soupire de nouveau Pablo et, sous l'œil réprobateur des vaches, nous buvons quelques gorgées de vin à la santé de ces deux bandits qui finirent assassinés par un policier chilien, après avoir pillé des banques au bout du monde et financé avec cela de magnifiques et impossibles révolutions anarchistes.

Cinq

A la mi-mars, les journées raccourcissent et les vents violents de l'Atlantique s'engouffrent dans le détroit de Magellan. C'est alors que les habitants de Porvenir vérifient leurs provisions de bois et observent avec mélancolie le vol des outardes qui remontent de la Terre de Feu vers la Patagonie.

Je pensais continuer mon voyage jusqu'à Ushuaia, mais on m'informe que les dernières pluies ont coupé la route en plusieurs endroits et qu'elle ne sera pas réparée avant le printemps. Ça ne fait rien. Dans cette région il est absurde d'avoir un programme rigide, et du reste on est très bien à El Austral, un bar de marins où on sert un succulent ragoût d'agneau. L'agneau des Magellanes est parfumé aux clous de girofle plantés dans le cœur des oignons qui l'accompagnent.

Nous sommes une douzaine de clients à attendre impatiemment que la patronne annonce le moment de passer à table. Nous buvons du vin en nous laissant tourmenter par les arômes qui s'échappent de la cuisine. Cette attente, qui nous met l'eau à la bouche, a quelque chose de liturgique.

A un bout du comptoir, trois hommes bavardent. Ils parlent un anglais très britannique en se jetant des verres de gin derrière la cravate. Le gin n'est pas une boisson très appréciée en Terre de Feu, on l'utilise en général comme lotion après-rasage. L'un d'eux demande en espagnol si le repas sera bientôt servi.

— Difficile à savoir. Chaque agneau est différent. C'est comme les gens, répond la patronne, doña Sonia Marincovich, un mètre quatre-vingts et quatre-vingt-dix kilos d'une slave humanité bien répartie sous sa robe noire.

— Nous n'avons pas le temps, insiste l'Anglais.

— Ici, la seule chose qui ne manque pas c'est le temps, dit un client.

— Nous devons appareiller pendant qu'il fait encore jour. Vous comprenez ?

— Je comprends. Quelle destination ? Je vous le demande parce qu'il se prépare un vent à décorner les bœufs.

— On va à la crique de Raúl.

— Vous voulez dire à la crique de l'Inceste, corrige le client.

L'homme frappe le comptoir de sa main, jette quelques billets pour régler les consommations et sort avec ses compagnons en lançant des imprécations en anglais.

Je m'approche du client qui a parlé à l'irascible Britannique.

— On dirait qu'il s'est fâché. Qu'est-ce que c'est, cette histoire de crique de l'Inceste.

— Juste une histoire, mais les Anglais n'ont pas le sens de l'humour. Qu'ils aillent se faire foutre. Ils ont raté le ragoût. Vous ne la connaissez pas ?

Je lui réponds que non et le client jette un regard à doña Sonia. Au milieu de ses casseroles, la femme fait un geste d'approbation.

— Ça s'est plus ou moins passé ainsi : vers 1935 un vapeur britannique a fait naufrage dans le canal Beagle et les seuls rescapés ont été un missionnaire protestant et sa sœur. Les deux naufragés auraient pu marcher vers l'est et arriver au bout d'une semaine à Ushuaia, mais comme ils n'avaient pas le sens de l'orientation, ils ont marché vers le nord. Ils ont parcouru au moins quatre-vingts kilomètres, traversant des forêts, des rivières, montant et descendant des collines et finalement, quatre mois plus tard, ils sont arrivés à cet endroit qu'on appelait avant la crique de Raúl, sur la côte sud d'Altamirantzago. Là, des Tehuelche les ont trouvés et conduits jusqu'à Porvenir. Voilà l'histoire.

— Et pourquoi on l'appelle maintenant crique de l'Inceste ?

— La femme est arrivée enceinte. Enceinte de son frère.

— A table ! Je vais servir, annonce doña Sonia, et nous nous livrons corps et âme à la dégustation d'un succulent ragoût d'agneau que les Anglais ont raté par manque d'humour.

Six

Au nord de Manantiales, une localité pétrolière de la Terre de Feu, se dressent les douze ou quinze maisons d'un petit port de pêche appelé Angostura parce qu'il est situé en face du premier goulet du détroit de Magellan. Les maisons ne sont habitées que pendant le court été austral. Lorsque viennent le bref automne et l'interminable hiver elles ne sont plus qu'un élément du paysage.

Angostura n'a pas de cimetière mais une seule petite tombe peinte en blanc orientée vers la mer. C'est là que repose Panchito Barría, un gamin décédé à l'âge de onze ans. Partout on vit et on meurt – " mourir est une habitude " dit le tango – mais le cas de Panchito est particulièrement tragique, car il est mort de tristesse.

Avant d'atteindre l'âge de trois ans, Panchito fut frappé par une poliomyélite qui fit de lui un infirme. Ses parents, des pêcheurs de San Gregorio, en Patagonie, traversaient chaque été le détroit pour s'installer à Angostura. Ils emmenaient l'enfant avec eux, tel un précieux bagage, immobile sur des couvertures, face à la mer

Jusqu'à l'âge de cinq ans, Panchito Barría fut un enfant triste, sauvage, qui ne parlait presque pas. Mais un beau jour eut lieu un de ces miracles qui surviennent au bout du monde : une bande d'une vingtaine de dauphins apparut devant Angostura, se déplaçant de l'Atlantique vers le Pacifique.

Les gens qui m'ont raconté l'histoire de Panchito affirmaient qu'à peine le gamin eut aperçu les dauphins, il laissa échapper un cri déchirant qui augmenta en volume et en désarroi à mesure qu'ils s'éloignaient. Enfin, lorsque les dauphins disparurent, un cri perçant jaillit de la gorge de l'enfant, une note très aiguë qui alarma les pêcheurs et effraya les cormorans, mais qui fit revenir un des dauphins.

Le dauphin s'approcha du rivage et se mit à faire des cabrioles dans l'eau. Panchito l'encourageait avec les notes aiguës qui sortaient de sa gorge. Les pêcheurs comprirent qu'entre le cétacé et l'enfant s'était établie une communication qui n'avait pas besoin d'explication. C'était ainsi parce que c'était la vie. Voilà tout.

Le dauphin demeura tout l'été dans les eaux d'Angostura. Et quand l'approche de l'hiver lui ordonna d'abandonner les parages, les parents de Panchito et des autres pêcheurs observèrent avec étonnement que l'enfant ne manifestait pas l'ombre d'un chagrin. Avec un sérieux inouï pour un enfant de cinq ans, il déclara que son ami le dauphin devait s'en aller car il risquait de se retrouver prisonnier des glaces, mais qu'il reviendrait l'année prochaine.

Et le dauphin revint.

Panchito changea, il devint un gamin loquace, joyeux, capable de plaisanter de son infirmité. Il était transformé. Ses jeux avec le dauphin durèrent six étés. Panchito apprit à lire et à écrire, et à dessiner son ami le dauphin. Il participait avec les autres enfants à la réparation des filets, il préparait les lests, faisait sécher les coquillages, toujours en compagnie de son ami le dauphin qui sautait dans les eaux, accomplissant pour lui seul de véritables prouesses acrobatiques.

Un matin de l'été 1990 le dauphin ne vint pas au rendez-vous quotidien. Inquiets, les pêcheurs partirent à sa recherche et explorèrent le détroit d'un bout à l'autre. Ils ne le trouvèrent pas, mais tombèrent en revanche sur un bateau-usine russe, un de ces assassins des mers, qui naviguait à proximité du deuxième goulet du détroit.

Deux mois plus tard, Panchito Barría mourut de tristesse. Il s'éteignit sans pleurer ni murmurer une plainte.

Je suis allé sur sa tombe, d'où j'ai regardé la mer, la mer grise et agitée des premiers jours d'hiver. La mer où il y a peu encore folâtraient les dauphins.

Sept

L'homme en face de moi, qui me tend la calebasse de maté puis se met à remuer les braises du foyer, se prénomme Carlos ; c'est mon meilleur et mon plus vieil ami. Il porte un nom, mais il exige que je ne le divulgue pas si je dois écrire sur ce qu'il va me raconter en ce jour de pluie.

— Carlos, pas plus, insiste-t-il, tandis qu'il découpe des tranches de viande de cheval séchées au vent, délicieuses avec le maté.

— D'accord. Carlos, pas plus, je réponds en écoutant la pluie qui redouble sur le toit du hangar où nous sommes abrités.

Dès sa plus tendre enfance, Carlos Pas Plus n'eut qu'un seul désir : voler. Il lisait des bandes dessinées d'aviateurs, ses héros étaient Malraux, Saint-Exupéry, Von Richtoffen, le Baron rouge. Il n'allait au cinéma que pour voir des films d'aviateurs, il collectionnait des modèles réduits d'aéroplanes et connaissait à quinze ans toutes les pièces d'un avion.

A dix-sept ans, un après-midi de plage, à Valparaíso, il avoua aux siens :

— Je vais être pilote. Je me suis inscrit à l'Ecole d'Aviation.

— Tu vas être militaire, crétin ! L'Ecole d'Aviation c'est l'Armée de l'air ! lui répondirent-ils sur un ton fraternel.

— Non. J'ai une idée pour l'éviter.

— Vraiment ? Et on peut savoir dans quel petrin tu vas te fourrer ?

— Très simple : dès que je sais piloter, je déserte.

Il apprit à piloter de petits appareils et des hélicoptères, mais il n'eut pas besoin de déserter. En 1973, lorsque les militaires prirent le pouvoir, Carlos Pas Plus fut expulsé de l'Armée de l'air à cause de ses idées socialistes.

Quand un Chilien veut exprimer un grand bien-être il dit : " Je suis heureux comme un chien plein de puces. " Carlos Pas Plus, préfère dire : " Je suis heureux comme un condor plein de puces. "

Où donc peut tenter sa chance un pilote sans emploi ? Dans le Sud. Carlos Pas Plus prit le chemin de la Patagonie. Il avait entendu parler de pilotes qui assuraient un service postal dans cette région oubliée de la bureaucratie centrale. Il se rendit à Aysén où, quelques semaines plus tard, il fit la connaissance d'un aviateur légendaire sous ces latitudes : le capitaine Esquella qui ravitaillait, avec son DC-3, les estancias de Patagonie et de Terre de Feu.

Il obtint un premier emploi de mécanicien de maintenance du *Loro con hipo*[1], l'appareil qu'Esquella, et lui seul, pilotait, jusqu'à ce qu'un événement mît l'avion entre les mains de Carlos Pas Plus.

1. Le perroquet qui a le hoquet.

— Esquella ! Ça c'était un pilote ! s'exclame Carlos en m'offrant un nouveau maté.

En mai 1975, Esquella dut faire un atterrissage forcé sur une petite plage de la péninsule de Tres Montes, face au golfe de Penas. Le DC-3 *El Loro con hipo* transportait des brebis donnant une laine très fine, et le vol parti de Puerto Montt se déroulait normalement jusqu'à ce qu'un moteur tombe en panne. L'avion commença à perdre de l'altitude. L'homme d'équipage conseilla de se débarrasser de la cargaison, autrement dit, jeter les brebis à la mer afin d'alléger l'appareil, maintenir l'altitude et tenter d'atteindre la première piste d'atterrissage sur le continent. Esquella refusa. Il déclara que la cargaison était sacrée et chercha une plage.

Le contact avec le sol ne fut pas des plus élégants. L'avion perdit une partie du train d'atterrissage gauche et finit sa course le nez dans l'eau. Mais pas une brebis n'était blessée et la radio, heureusement, fonctionnait. Après avoir reçu le signal de SOS, Carlos Pas Plus partit en bateau pour récupérer les brebis et voir ce que l'on pouvait faire pour l'avion.

Une fois les brebis embarquées, les deux hommes inspectèrent l'appareil. Le moteur défaillant pouvait être facilement réparé et, hormis le train d'atterrissage, le *Loro con hipo* ne présentait pas d'autre dommage. Il était possible de réparer l'avion, mais le grand problème était de savoir comment diable ils allaient le sortir de là.

— Foutu ! Le *Loro con hipo* est cuit, déclara un type du bateau.

117

— Tais-toi, couillon. On peut le sortir de là, Carlitos ?
demanda Esquella.

— Sûr qu'on va le sortir, répondit Carlos Pas Plus.

L'homme qui avait diagnostiqué la fin du *Loro con hipo*
était un marchand de peaux réputé pour sa passion des
paris. Il ne résista pas à l'occasion.

— Esquella, je te parie cinq mille pesos que tu n'y
arrives pas, lança-t-il.

— Dix mille que j'y arrive, répliqua l'aviateur.

— Vingt mille que non, surenchérit le marchand.

— Cinquante mille ! Et en décollant ! gueula Esquella

— D'accord. Cinquante sacs. Tope là !

Ils scellèrent le pari par une poignée de mains. Cinquante mille nouveaux pesos. Pour Carlos Pas Plus,
c'était une fortune. Esquella l'invita à monter dans l'appareil.

— Carlitos, il y a cinquante sacs en jeu. On sort l'avion
et on partage. Tu as une idée ?

— Oui, mais avant je voudrais connaître le temps.

Ils demandèrent par radio le bulletin météo : des vents
modérés domineraient au cours des soixante-douze pro-
chaines heures.

— Dis au patron du bateau de se débrouiller, dès qu'il
aura débarqué les brebis à Puerto Chacabuco, pour louer
deux paires de bœufs, et acheter ou voler un catamaran
du port de plaisance. Il faut qu'il nous ramène tout ça
sous quarante-huit heures.

Le bateau leva l'ancre. Esquella, son équipier et Carlos
Pas Plus se mirent au travail.

D'abord ils abattirent des arbres au tronc flexible pour

étayer l'avion. Ensuite d'autres troncs pour construire une espèce de sentier sur lequel reposerait le ventre de l'appareil. Enfin, ils ôtèrent les roues du train d'atterrissage intact et débarrassèrent la carlingue de tout poids superflu. Leur travail achevé, après dix-huit heures d'efforts, il ne restait à l'intérieur du *Loro con hipo* que les instruments de bord et le siège du pilote.

Le bateau revint à temps et avec tout ce qu'ils avaient demandé. Avec aussi le marchand parieur, qui ne cessait de répéter qu'une partie des cinquante mille pesos, qu'il considérait acquis, servirait à les inviter tout un week-end au meilleur bordel de Coyhaique. Les trois hommes qui s'acharnaient à remettre en état le *Loro con hipo* le laissaient fanfaronner.

Les bœufs tirèrent l'avion jusqu'à lui sortir le nez de l'eau. Ils travaillèrent dur, les bœufs. Un DC-3 est bien plus lourd qu'une charrette, mais c'étaient des bêtes robustes et elles laissèrent l'avion en parfait équilibre sur le sentier de rondins. Les hommes démontèrent ensuite les flotteurs du catamaran et les fixèrent à la place des roues du train d'atterrissage. Enfin, ils attachèrent le train de queue sur un canot pneumatique, convertissant ainsi le *Loro con hipo* en hydravion.

Pendant que les gens du bateau se chargeaient de construire deux autres sentiers en rondins, un pour chaque flotteur, Esquella et Carlos Pas Plus grimpèrent dans l'appareil et mirent les moteurs en marche. Les hélices du DC-3 fonctionnaient à merveille.

— Reste maintenant le plus facile : décoller, dit Esquella.

— Vous avez trois cents mètres d'eau plate. Après, vous arrivez sur les récifs, avertit Carlos.

— Le problème sera d'atterrir, je n'ai jamais piloté un hydravion, avoua Esquella.

— Les eaux du fjord seront calmes. Du moins pendant vingt-quatre heures encore. Maintenant, si vous avez confiance en moi, laissez-moi piloter le coucou. A l'école d'aviation j'ai piloté des Grumann, des Catalina, des zincs qui ne sont pas aussi gros qu'un DC-3, mais je crois que je peux y arriver.

— A toi de jouer, Carlitos ! Pour l'alléger un peu plus, on va vider une partie du carburant. Tu voleras avec le strict minimum. Du bateau je t'indiquerai le moment de décoller.

— Allez, laissez-moi le fauteuil. Je prends les commandes.

— Les cinquante sacs sont à toi, Carlitos.

Les braves bœufs tirèrent le *Loro con hipo* jusqu'à l'eau. Les flotteurs du catamaran supportèrent le poids de l'appareil et le canot pneumatique lui maintint la queue hors de l'eau. Carlos Pas Plus attendit que le bateau s'approche des récifs avant d'augmenter la puissance des moteurs et de mettre l'avion en mouvement. Voir osciller les aiguilles des tachymètres était grisant. Quand il vit Esquella lever les deux pouces, il tira le manche à balai et le *Loro con hipo* s'éleva, gagnant rapidement de l'altitude.

Ce fut un vol sans incident, malgré quelques turbulences, car l'avion était tellement léger que les brises le secouaient comme une feuille de papier. Il parcourut sans problème quatre-vingt-dix milles, cap au nord au-dessus de la péninsule de Taitao, et survola le glacier de San Rafael, jusqu'à l'entrée du grand fjord d'Aysén. Là, il vira à l'est et, se guidant sur le reflet de l'eau, il se dirigea vers le continent. Il lui restait huit milles pour atteindre la baie de Puerto Chabuco lorsque l'aiguille du réservoir indiqua zéro, mais il était hors de danger et, porté par les brises du Pacifique, il plana sans difficulté. Il amerrit comme un cygne sous les applaudissements d'une foule joyeuse rassemblée sur le quai.

Le marchand de peaux paya le montant du pari. Carlos Pas Plus reçut les cinquante mille pesos et décida de s'établir à son compte. Peu après, il fit la connaissance de Pet Manheimm, un autre aviateur en quête de ciels libres et ils inaugurèrent ensemble le premier marché aérien de fruits et légumes, Flor de Negocio.

Ils commencèrent avec une avionnette Pipper et un hélicoptère Sirkosky, vestige de la guerre de Corée. A Puerto Montt, ils chargeaient l'avionnette d'oignons, de laitues, de tomates, de pommes, d'oranges et d'autres légumes, qu'ils transportaient jusqu'à Puerto Aysén, où ils avaient leur base, et de là ils partaient en hélicoptère pour approvisionner les hameaux et les estancias de Patagonie.

Flor de Negocio dura jusqu'à ce maudit jour où Pet et l'hélicoptère disparurent avalés par une tempête imprévue. On ne retrouva jamais ni Pet, ni les restes de l'appareil. Il repose désormais dans quelque glacier, forêt ou lac de Patagonie, qui attirent les aventuriers et parfois les engloutissent.

Privé d'associé et d'hélicoptère, Carlos Pas Plus changea d'activité et se consacra au service postal entre la Patagonie et la Terre de Feu. Et, par une de ces bizarreries qui arrivent au bout du monde, il se retrouva pilote des premières pompes funèbres aériennes du ciel austral.

Un matin de juin, en plein hiver, Carlos Pas Plus se trouvait dans une estancia proche d'Ushuaia. Il révisait le Pipper avant de repartir au nord et il attendait que les gauchos aient fini de faire griller un agneau. Soudain, arriva une Land Rover d'où descendirent quatre inconnus.

— Qui est le pilote du Pipper, demanda l'un d'eux.

— Moi. Pourquoi ?

— On a un service à vous demander. Votre prix sera le nôtre.

— Oui, tout ce que vous voudrez. L'argent n'est pas un problème, ajouta un autre.

— Du calme. De quoi s'agit-il ?

— Don Nicanor Estrada est mort, le patron de l'estancia San Benito. Je suis le contremaître, dit celui qui commandait.

— Toutes mes condoléances. Mais en quoi je suis concerné ?

— Vous devez le transporter à Comodoro Rivadavia. La famille l'attend là-bas pour la veillée funèbre. Don Nicanor doit être enterré dans le caveau familial.

Ces types ne savaient pas de quoi ils parlaient. L'estancia San Benito est à Río Grande et Comodoro Rivadavia à huit cents kilomètres, à condition de voler en ligne droite.

— Désolé. Mon appareil n'a pas assez d'autonomie. Réservoir plein, j'arrive tout juste à Punta Arenas, s'excusa Carlos Pas Plus.

— Vous allez l'emmener. Vous n'avez pas compris de qui il s'agit ? insista le contremaître.

— Non, impossible. Et pour que les choses soient bien claires, c'est moi qui décide quand et où je vole et qui seront mes passagers.

— Vous ne comprenez pas. Si vous refusez d'emmener don Nicanor Estrada, vous ne volerez plus en Patagonie, ni en Terre de Feu, ni dans aucun autre putain de pays du monde !

Le contremaître n'avait pas fini de parler que ses acolytes relevaient leurs ponchos pour exhiber leurs fusils à canon scié.

Il faut savoir faire des exceptions. Voilà ce que pensa Carlos Pas Plus en pilotant son appareil vers l'estancia San Benito, avec un tueur pour copilote.

Don Nicanor Estrada l'attendait, bleu et congelé, dans la chapelle ardente dressée dans la chambre froide de l'estancia. Des centaines d'agneaux écorchés veillaient leur maître. Des gauchos et des péons buvaient du maté et fumaient en regardant le cadavre avec crainte.

— Il est immense, dit Carlos en le voyant.

— Comme tous les Estrada. Un mètre quatre-vingt-dix-huit, précisa le contremaître.

— Il ne rentrera pas. Une telle masse ne peut pas tenir dans le Pipper.

— Un peu plus de respect pour don Nicanor. Il doit rentrer, insista le contremaître.

— Ecoutez, dit Carlos, je comprends que vous deviez faire tout ce qui est possible pour envoyer le macchabée à Comodoro Rivadavia. Mais vous devez comprendre que c'est impossible. Mon avion est un Pipper, un quatre places. La cabine, du tableau de bord jusqu'à l'angle du fond mesure un mètre soixante-dix. Il ne tiendrait même pas en diagonale.

— L'idée, c'est que vous l'emportiez allongé ou assis. Comme ça il rentrera.

— Pas davantage. Le siège arrière mesure quatre-vingt-dix centimètres de large. Allongé, il ne tiendra pas et quant à l'asseoir… Depuis combien de temps il est mort ?

— Quatre jours, pourquoi ?

— Quatre jours ! Il est plus raide qu'un tronc à cause de la congélation. Ce n'est pas pour rien qu'on dit *rigor mortis*. Il va falloir le casser en deux, je ne sais pas si ça plaira à la famille.

— Merde, c'est vrai, admit le contremaître.

En plus d'être immense, le mort était très costaud. Il devait peser nu dans les cent-vingts kilos, et tel qu'il était, avec tout son harnachement d'éperons d'argent, bottes accordéon, *chiripa*², ceinturon d'apparat, poignard et poncho, il devait passer les cent cinquante kilos.

— Dites, vous ne pourriez pas démonter une partie du toit ? demanda le contremaître.

— Tout le toit, si vous voulez. Mais alors je me congèle.

— Juste une partie. Assez grande pour faire entrer le corps. Et vous volez à basse altitude.

1. Culotte de gaucho.

– Vous êtes cinglé ? Vous voulez que je le transporte debout ?

– Debout ou assis, tu vas l'emmener, fils de pute ! hurla le contremaître en lui écrasant le canon d'un 38 sur le nez.

Et il l'emmena. Après avoir enlevé la portière du copilote et attaché le mort à une planche, ils l'enfournèrent dans le Pipper. Ils le firent entrer par les pieds, qu'ils attachèrent solidement à l'armature du siège arrière. Les hanches du mort et une partie du tronc reposaient sur le dossier du siège du copilote, les épaules et la tête restaient dehors. Comme le cadavre était sur le dos, il semblait regarder l'aile droite. Pour finir ils lui couvrirent la tête d'un sac de plastique qui portait l'inscription : " San Benito. Viandes de qualité supérieure. "

Avant de décoller, Carlos Pas Plus pensa que cette histoire de pompes funèbres aériennes n'était pas une mauvaise affaire. Le contremaître lui avait remis un chèque de cinquante mille pesos chiliens et une somme identique l'attendait à Comodoro Rivadavia.

Il regarda l'aiguille du réservoir : *Full*. Les peones de l'estancia avaient trouvé le carburant nécessaire pour la première étape du vol jusqu'à Río Gallegos. Trois cent cinquante kilomètres en volant à basse altitude, emmitouflé comme un esquimau en compagnie d'un passager au corps à moitié dehors.

Il décolla à deux heures de l'après-midi. Par chance, le temps était clément, malgré de fortes rafales venues de l'Atlantique qui secouaient le Pipper comme un shaker. Au bout de trois quarts d'heure de vol il aperçut le cap

125

Espiritu Santo et traversa le détroit de Magellan. Il chantait à gorge déployée. Il épuisa son répertoire de tangos, de cumbias, de boléros et continua par l'hymne national et des bribes de chansons d'enfance. Chanter à tue-tête était la seule manière de garder le corps chaud.

A cinq heures de l'après-midi, il faisait déjà nuit et il distinguait à peine l'écume de la côte atlantique. Lorsqu'il sollicita l'autorisation d'atterrir sur la piste de Río Gallegos, on lui demanda s'il avait quelque chose à déclarer.

— Je n'ai pas de cargaison. Je transporte un mort. *Over.*

— Vous avez le certificat de décès ? *Over.*

— Non. Personne ne m'a parlé de ça. *Over.*

— Alors retournez le chercher. *Over.*

— Le macchabée s'appelle Nicanor Estrada. *Over.*

Puissant personnage que ce don Nicanor, influent même après sa mort. Sur la piste l'attendait un curé, qui faillit avoir un infarctus en constatant la position inconfortable du passager.

— Il faut le descendre. Pour l'amour du ciel ! Il faut le descendre et l'emmener tout de suite à la cathédrale, s'exclama le curé.

— Pas question. Il reste ici. A l'air libre, déclara Carlos Pas Plus.

- Quelle sorte de vermine êtes-vous ? Il s'agit de don Nicanor Estrada ! brama le curé.

— Si vous l'emmenez à l'église, il va décongeler et commencer à se putréfier. Je suis sûr que la famille aimerait revoir don Nicanor intact.

Après avoir excommunié Carlos Pas Plus, le curé

126

accepta de négocier : une messe d'accord mais sur place, sans sortir le cadavre de l'avion. De sorte que l'on offrit à don Nicanor Estrada un service religieux sur la piste, par une température de moins dix.

Cette nuit-là, Carlos dormit à poings fermés sous trois épaisseurs de couvertures, dans une pension proche de l'aéroport. Le lendemain, à six heures du matin, il ingurgita un litre de café, en remplit deux thermos et décolla au petit jour, pour la deuxième étape du voyage qui devait le conduire à Río Chico après avoir survolé l'Atlantique et Bahia Grande jusqu'au phare du cap San Francisco de Paula, qui signale l'entrée du continent. Ce furent deux cents kilomètres d'un vol paisible, car le besoin de se réchauffer lui remit en mémoire des chansons de Moustaki qu'il beugla à tue-tête entre deux boléros.

A dix heures du matin, après l'escale technique de Río Chico, commença la troisième étape du périple funéraire jusqu'à Las Martinetas, un village situé à deux cents kilomètres, loin à l'intérieur des terres. Il vola en suivant le ruban de la route qui conduit à Comodoro Rivadavia. En bas, il voyait défiler la pampa, les troupeaux de brebis, les bandes d'autruches aux allures de poulets grotesques avec leurs culs à l'air, qui s'enfuyaient effrayées par le bruit du Pipper.

A deux heures de l'après-midi, Carlos Pas Plus et don Nicanor Estrada entamèrent l'ultime étape de leur voyage. Encore deux cents kilomètres et ils arriveraient à Comodoro Rivadavia. Il n'y avait pas un nuage, le soleil se reflétait sur le capuchon congelé du mort et Carlos continuait de chanter, à moitié aphone et se jurait de prendre des cours de chant dès son retour au Chili.

Lorsqu'il voulut atterrir à Comodoro Rivadavia, on lui demanda pourquoi il volait à si basse altitude. Le radar de l'Armée de l'air argentine l'avait à peine détecté.

— C'est que je transporte un mort. Un mort célèbre. *Over*.

— Qui êtes-vous ? *Over*.

— Pompes funèbres aériennes australes. *Over*, répondit Carlos Pas Plus sur un ton pathétique, avec ce qui lui restait de voix.

Sur la piste, les parents du défunt et les autorités locales l'accueillirent avec force évanouissements, insultes, menaces, qui après explications, se transformèrent en plates formules d'excuse. Dans l'attente du deuxième chèque, Carlos Pas Plus se vit contraint de se joindre au cortège funèbre.

Au cimetière, une surprise l'attendait. A l'issue d'une messe solennelle, le cortège se dirigea vers le caveau de famille, une sorte de petit palais en marbre blanc. Après avoir extrait le cadavre du cercueil à l'aide d'une grue, les croque-morts le saisirent par les aisselles, lui couvrirent la tête d'un chapeau de gaucho et le descendirent dans une énorme fosse. Carlos Pas Plus se pencha pour voir. Au fond il y avait un cheval embaumé. Don Nicanor Estrada fut enterré monté sur son cheval.

— Et après, demandai-je à Carlos, tandis que dehors la tempête faisait rage.

— Je me suis fait payer, j'ai pris congé et je suis revenu.

Attise le feu. Je vais chercher un bout de viande pour faire cuire sur les braises, dit Carlos en s'éloignant d'un pas nonchalant.

C'est mon meilleur et mon plus vieil ami. Souvent, lorsque je suis loin au Sud, je pense à lui et je frémis à l'idée qu'il lui soit arrivé malheur. Tout comme maintenant je frémis au spectacle de la carlingue cabossée du Pipper.

Carlos Pas Plus revient avec des côtes d'agneau.

— Que vas-tu faire Carlitos ?

— Un *asado*.

— Non, je veux dire plus tard, demain.

— Voler. Dès que le temps sera meilleur je t'emmène faire un tour au golfe Elefantes. Tu es venu pour voir des baleines. Eh bien, tu en verras des baleines, dit Carlos Pas Plus, en jetant des brins de romarin sur la viande et en contemplant avec des yeux d'enfants, tantôt le feu, tantôt moi et tantôt l'avion qui, tel un compagnon, profite lui aussi de cette petite chaleur du hangar, à l'abri de la pluie qui tombe et tombe sur la Patagonie.

Huit

L'arrivée de l'hiver me surprend à Puerto Natales. Il y a quarante-huit heures à peine, je me promenais sur la plage, face au golfe Almirante Montt, en admirant le coucher de soleil d'un glorieux jour d'avril. Mais hier, il a commencé de neiger en abondance et la température est brusquement descendue de six degrés à moins quatre. La radio annonce que l'aéroport est fermé, de sorte que partir d'ici est devenu particulièrement difficile.

Puerto Natales se trouve sur la côte est du golfe Almirante Montt. A l'ouest, un enchevêtrement de quelque deux cent cinquante kilomètres de canaux s'étend jusqu'au détroit Nelson et au Pacifique. Les marins chilotes sont les seuls à s'aventurer dans ces passes étroites où guette la mort blanche : les blocs de glace que les marées arrachent aux glaciers et qui obstruent les chenaux parfois durant des mois.

En hiver, il est impossible de quitter Puerto Natales par la mer. Il faut passer par l'intérieur des terres, traverser la frontière et se rendre à la ville argentine de El Turbio.

C'est de là que part le plus austral des trains, le véritable Patagonia Express, qui, à l'issue des deux cent quarante kilomètres qui séparent El Zurdo de Bellavista, arrive à Río Gallegos, sur la côte atlantique.

Le convoi, composé de deux wagons de voyageurs et deux de marchandises, est traîné par une vieille locomotive à charbon, fabriquée au Japon au début des années 30. Chaque wagon de voyageurs est équipé de deux longs bancs de bois, qui le traversent d'un bout à l'autre. Il y a un poêle à bois que les passagers doivent eux-mêmes alimenter, et au-dessus est suspendu un chromo représentant la vierge de Lujan.

Mes compagnons de voyage ne sont pas nombreux. Quelques péons d'estancia, qui aussitôt allongés sur les bancs se sont mis à ronfler, et un pasteur protestant appliqué à réviser les Saintes Ecritures le nez plongé dans les pages de son livre. Il est plié en deux et j'ai envie de lui proposer mes lunettes.

— Voilà du bois. Ne laissez pas le poêle s'éteindre, conseille le contrôleur.

— Merci. Je n'ai pas de billet. Je voulais l'acheter à El Turbio, mais ils n'en avaient pas.

— Vous tracassez pas. Vous pourrez l'acheter au prochain arrêt, Jaramillo.

Une couche de neige recouvre les pâturages, et la pampa tachetée de marron et de vert prend un aspect spectral. Le Patagonia Express s'enfonce dans un paysage blanc et monotone qui endort le pasteur. La Bible tombe de ses mains et se ferme. On dirait une brique noire.

131

Le Patagonia Express est le train des gardiens de troupeaux. Quand l'hiver s'achève, des centaines de Chilotes se rendent à Puerto Natales, traversent la frontière et prennent le train pour rejoindre les estancias d'élevages. Ce sont des hommes robustes qui, las de la pauvreté insulaire et de la proverbiale dureté de caractère des femmes chilotes, s'en vont chercher fortune sur le continent. Des hommes robustes mais à la vie courte. A Chiloé, ils se nourrissent de coquillages et de patates ; en Patagonie, d'agneau et de patates. Très peu ont une fois goûté un fruit – sauf des pommes – ou un légume vert. Le cancer de l'estomac est une maladie répandue parmi les Chilotes.

La gare de Jaramillo est un édifice en bois peint en rouge. L'architecture a une légère touche scandinave. Les tuilettes finement découpées qui ornent les gouttières se balancent dans le vent ; il en manque beaucoup et celles qui restent tomberont sans qu'une main se soucie de les fixer ou de les remplacer.

Jaramillo se réduit à la gare de chemin de fer et à quelques maisons, mais le train s'y arrête pour se ravitailler en eau. Et cette eau semble l'essentiel de ce lieu. C'est pourtant ici que subsiste la mémoire tragique de la Patagonie, une mémoire paralysée sur l'horloge de la gare, arrêtée à neuf heures vingt-huit.

En 1921, à l'estancia La Anita, éclata la dernière grande révolte des péons et des Indiens. Menés par un anarchiste galicien, Antonio Soto, plus de quatre mille personnes, hommes et femmes, occupèrent l'estancia et la gare de Jaramillo. Ils proclamèrent le droit à l'autogestion et vécurent pendant quelques semaines l'illusion d'être la première Commune libre de Patagonie, qu'ils baptisèrent ingénument Soviet. La riposte des propriétaires terriens ne se fit pas attendre. Le gouvernement argentin envoya des troupes nombreuses pour en finir avec les insurgés. Elles arrivèrent à midi le 18 juin 1921.

Les hommes se retranchèrent dans la gare de Jaramillo tandis que les femmes continuaient d'occuper les bâtiments de l'estancia. Ils étaient armés de poignards, de quelques revolvers arrachés aux contremaîtres, de lances et de *boleadores*. Les soldats disposaient de fusils et de mitrailleuses.

Le capitaine Varela, à la tête des troupes, encercla la gare et donna jusqu'à dix heures du soir aux insurgés pour se rendre, promettant la vie sauve à ceux qui déposeraient les armes, mais, en bon militaire, Varela ne respecta pas le délai et donna l'ordre d'ouvrir le feu à neuf heures vingt-huit.

On ne connut jamais le nombre exact de victimes. Des centaines d'hommes furent fusillés devant des tombes qu'ils avaient été obligés de creuser eux-mêmes. Des centaines de corps furent brûlés et l'odeur des cadavres brûlés se répandit dans la pampa.

Neuf heures vingt-huit. Une balle avait arrêté l'horloge et elle resta ainsi.

— On l'a souvent réparée, mais il y a toujours quelqu'un pour la détraquer et la remettre à neuf heures vingt-huit, me dit le contrôleur.

— C'étaient tous des subversifs, intervient le pasteur. Leur leader, ce Galicien, les avait convaincus que la propriété c'était du vol. Il fallait les tuer tous. Pas de pitié pour les subversifs.

Les péons, qui se sont réveillés, lui répondent par des gestes obscènes, le contrôleur hausse les épaules et le pasteur se réfugie dans la lecture de sa brique noire.

Le soleil décline à l'ouest, s'enfonce dans le Pacifique et ses ultimes feux projettent, sur la blancheur de la pampa, l'ombre du Patagonia Express qui s'éloigne en sens contraire vers l'Atlantique, là où commencent les jours.

Neuf

Je retourne toujours à Río Mayo, une ville de Patagonie à une centaine de kilomètres de Coyhaique et à deux
cent cinquante de Comodoro Rivadavia. J'y retourne
toujours et la première chose que je fais en descendant
de l'autobus, du camion ou de tout autre véhicule qui
me laisse au carrefour, c'est de fermer les yeux pour ne
pas être aveuglé par les tourbillons de poussière. Puis
je les rouvre lentement, j'empoigne mon sac à dos et
je marche vers un édifice en bois magnifiquement
ouvragé.

C'est une belle ruine, témoin muet d'une époque
meilleure. Une poussée sur la porte offre au regard ce
que furent la piste de danse, la salle de jeux, l'estrade de
l'orchestre, le bar aux tabourets tendus de cuir marron,
aujourd'hui dévorés par les chèvres, et le portrait de la
reine Victoria qu'un peintre doté d'une bizarre notion
d'anatomie peignit sur le mur central de la réception. Les
yeux de la souveraine britannique se prolongent quasi-
ment jusqu'aux oreilles et les ailes du nez, très africaines,
s'étalent sur la moitié du visage.

Je la salue d'un *Salve Regina* et je m'assois pour fumer une cigarette avant de prendre congé. Je sais que dehors, invariablement, m'attend un habitant de Río Mayo. Aujourd'hui, c'est une femme. Elle tient un panier et me regarde avec des yeux malicieux.

— Vous vous êtes trompé, me dit-elle.

— Ce n'est pas l'Hôtel Anglais ?

— Si, mais il y a dix ans qu'il est fermé. Depuis la mort du gringo, ajoute-t-elle.

— Comment ? Quand donc est mort mister Simpson ? lui demandé-je, bien que connaissant l'histoire, pour le seul plaisir d'écouter une nouvelle version.

— Il y a dix ans. Il s'est enfermé avec cinq femmes, vous voyez ce que je veux dire, des femmes de mauvaise vie. Et il est mort, ce grand cochon.

Cinq femmes. Lors de mon précédent passage, un type m'avait parlé de douze prostituées françaises. Il se peut que les exploits légendaires aillent décroissant. En tout cas, il est sûr que lorsque Thomas Simpson apprit qu'un cancer lui rongeait les os et que le médecin lui eut donné tout au plus trois mois à vivre, il offrit l'hôtel au personnel, ne conservant pour lui que la suite présidentielle. Il se fit monter des boîtes de havanes, un baril de scotch et s'enferma avec un groupe indéterminé de filles de joie bien payées, qui avaient pour mission de hâter sa mort de la plus agréable des façons.

Au bout d'une semaine, la rumeur de sa douce agonie avait couru jusqu'à Comodoro Rivadavia. La colonie anglaise se chargea d'envoyer un prêtre pour mettre un terme au scandale mais, lorsque le pieux *brother* tenta de pénétrer dans la suite, il fut arrêté par un morceau de plomb de calibre 45 qui lui brisa la jambe. Simpson mourut comme il l'avait voulu et peu après l'hôtel s'en alla à vau-l'eau.

— Il y a un autre hôtel au bout de la rue. Si vous voulez, je peux vous y conduire, me proposa la femme.

Je la remercie et m'achemine dans la direction indiquée. Je sais que là-bas se trouve le San Martín, le meilleur hôtel de Patagonie.

C'est une grande bâtisse d'un étage qui occupe un coin de rue. A travers le nuage de poussière qui brouille la vue j'aperçois, juché sur une échelle appuyée contre la façade, un homme en train de repeindre l'enseigne de l'établissement.

— Eh, l'ami ! Vous êtes le patron de l'hôtel ? je lui crie d'en bas.

— Si j'étais le patron, je ne serais pas ici, me crie-t-il d'en haut.

— Pouvez-vous appeler le patron ? je lui crie de nouveau .

— Il n'est pas là. Il n'y a personne. Entrez et servez-vous un maté.

J'obéis et en poussant la porte à deux battants, je pense que ce type n'est pas argentin. Il parle avec un accent trop chantant.

La salle à manger n'a pas changé au cours des deux dernières années. Mêmes tables de fer au plateau en formica, mêmes chaises en bois et sur chaque table un coquet vase de roses et d'œillets en plastique. Derrière le comptoir en bois s'alignent les bouteilles de vin, de grappa et de *caña*.

Et à la place d'honneur, sur le miroir, un portrait de Carlos Gardel arborant une denture parfaite.

L'hôtel San Martín. Jusqu'en 1978 il servait de cave à la municipalité. Cette même année arrivèrent à Río Mayo deux relégués pour raisons politiques : le Turc Gerardo Garib, qui n'avait rien de turc puisque c'était un Argentin de Buenos Aires, un syndicaliste non corrompu par le péronisme et descendant de Palestiniens, et sa femme, la Turque Susana Grimaldi, qui n'avait elle non plus rien de turc – si ce n'est d'être mariée avec un Turc – et qui était une Uruguayenne de Colonia, professeur de musique, et qui jurait merveilleusement dans l'italien de ses parents.

Pendant la dictature, Susana et Gerardo eurent de la chance. Ils vécurent la monstrueuse expérience vampirique des disparitions, ils connurent la torture mais purent sortir en vie du labyrinthe de l'horreur, condamnés à cinq années de relégation en Patagonie.

Tous deux avaient l'esprit entreprenant, de sorte qu'un an et demi après leur arrivée, Susana donnait des cours de musique à une douzaine d'émules de Gardel, et Gerardo parvenait à louer le bâtiment pour ouvrir un hôtel.

– Vous vous êtes servi du maté ?

Le peintre vient d'entrer et interrompt mes pensées.

· Non, j'allais le faire.

– Vous avez faim ? Si ça vous dit, je vous fais des *panqueques*[1]. Je fais les meilleurs *panqueques* de Patagonie. Ils sont fameux mes *panqueques*.

– Chilien ?

---

1. De l'anglais *pancake* : grosse crêpe.

– De Chiloé. Je suis venu pour travailler dans une estancia, mais je suis tombé malade et le Turc m'a recruté comme cuisinier, barman et serveur.

– Et où il est le Turc ? Et Susana ?

– Je vois que vous les connaissez. Ils sont à un enterrement.

– A quel enterrement ? De qui ?

– D'un vieux qu'on appelait Carlitos.

– Carlitos Carpintero ?

– Lui-même. Vous le connaissiez lui aussi ?

Carlitos Carpintero. En 1988, à Stockholm, une organisation qui décerne des prix Nobel alternatifs décida de décerner à un mystérieux professeur nommé Klaus Kucimavic le prix Nobel alternatif de Physique. Ce professeur Kucimavic avait adressé en 1980 de longues lettres à plusieurs universités d'Europe révélant que, selon ses calculs réalisés en Patagonie, un trou dangereux était en train de s'ouvrir dans la couche d'ozone qui protège l'atmosphère. Il précisait le diamètre du trou et les variables de progression avec une telle exactitude que, huit ans plus tard, ses observations furent corroborées par la NASA et des institutions scientifiques européennes. Le professeur Kucimavic ne put aller recevoir son prix car nul ne savait comment l'inviter. Au dos de ses lettres était écrit : " Province du Chubut, Argentine ", rien de plus.

Une publication allemande m'envoya en Patagonie pour rencontrer le mystérieux professeur. Je parcourus plusieurs villes et villages sans succès, jusqu'à ce que j'arrive à Río Mayo. Après avoir sympathisé avec Susana et

Gerardo, ceux-ci m'invitèrent un soir à une partie de *truco*, organisée par Carlos Alberto Valente, un des gauchos les plus originaux et les plus nobles que j'ai connus. Nous avons joué et ri jusque tard dans la nuit et, lorsque après manger nous avons parlé de nos activités, j'ai raconté à Valente la raison de ma présence à Río Mayo.

— Comment tu dis qu'il s'appelle ?

— Kucimavic. Klaus Kucimavic.

— Carlos Carpintero. Voilà son nom, Carlos Carpintero.

— Qui est Carlos Carpintero ?

— Celui que tu cherches. Un vieux fou qui est apparu ici il y a des lustres. Fou mais pas idiot. Il invente des choses. Pour moi, par exemple, il a inventé un système pour transformer la bouse de vache en gaz. Maintenant j'ai l'eau chaude gratis. Le vieux appelle ça bio-gaz. Oui, fou mais pas idiot. Il passe son temps à observer le ciel et à mesurer les rayons du soleil avec un miroir. Il dit que dans quelques années on sera tous aveugles.

Le lendemain je fis la connaissance de Kucimavic. C'était un petit vieux tout maigre, enveloppé dans une combinaison de mécanicien graisseuse. Il réparait ou améliorait un système de douche pour désinfecter les brebis.

Il commença par nier s'appeler Klaus Kucimavic et, dans son espagnol original, il affirma être argentin depuis toujours.

— Comment tu peux être argentin alors que tu parles espagnol comme une vache, rétorqua Valente.

— Je parle espagne mieux que toi, espèce d'âne, répondit le vieux.

Mais Valente avait vu un document délivré par les autorités argentines que le vieux lui avait un jour demandé de garder. Comme il ne pouvait nier plus longtemps son identité, il accepta de parler, mais de mauvaise grâce.

Il était né en Slovénie. Pendant la Deuxième Guerre mondiale il avait rejoint les rangs des oustachis croates, qui combattaient dans les Balkans aux côtés des nazis. A la fin de la guerre il évita la justice des partisans de Tito et émigra en Argentine, bien décidé à commencer une nouvelle vie en Amérique du Sud. Mais peu après, les Israéliens, enhardis par la capture d'Adolf Eichmann, se lançaient dans la chasse aux ex-nazis et aux collaborateurs réfugiés en Argentine. C'est ainsi que Klaus Kucimavic abandonna sa chaire de physique à l'université de Buenos Aires et se perdit en Patagonie, dans cette partie du monde où on ne pose pas de questions et où le passé d'un individu est une simple affaire personnelle.

A Río Mayo, tout le monde l'aimait. C'était un vieux serviable qui, malgré sa réputation d'ours mal léché, ne se faisait pas prier pour réparer une radio, un fer à repasser, une canalisation d'eau ou un moteur, sans jamais demander un centime.

Il me confirma les conclusions de ses mesures sur la couche d'ozone et se refusa catégoriquement à parler du Prix.

– Dites à ces connards d'arrêter la pollution atmosphérique avant de décerner des prix. Les prix, c'est pour les reines de beauté, ajouta-t-il indigné.

Je possédais assez de matière première pour écrire un long reportage sur le découvreur du trou dans la couche d'ozone, mais le publier aurait brisé l'harmonie des habitants de Río Mayo, de sorte que j'oubliai cette histoire et que Kucimavic devint aussi pour moi Carlitos Carpintero.

— Carlitos nous a quittés, dit le Turc Garib en m'embrassant.

— Je savais que tu reviendrais. Bienvenue, me dit Susana.

Ce soir-là nous passâmes très tôt à table. Je constatai que le Chilote était effectivement un bon cuisinier et que ses *panqueques* étaient incomparables. Nous parlâmes de nos vies. Je pouvais revenir au Chili, mais je restais en Europe. Ils pouvaient revenir à Buenos Aires mais ils restaient en Patagonie. Cette conversation avec mes amis me confirma une fois de plus qu'on est de là où l'on se sent le mieux.

— Tu sais, quand tu es parti la dernière fois, j'ai eu l'impression que tu avais un grand problème, dit Susana en remplissant les verres de grappa. J'imagine qu'il t'a été difficile de ne pas écrire sur Carlitos.

— Oui, j'avais un terrible poids sur la conscience. Je n'arrêtais pas de me demander : Et si Carlitos avait réellement été un criminel de guerre, un de ces fascistes qui nous en ont fait baver ?

— Non. Carlitos a combattu du mauvais côté, voilà tout. Ce n'était pas un criminel, affirma le Turc.

— Comment peux-tu en être aussi sûr ?

— La Patagonie apprend à connaître les gens à leur façon de regarder. Carlitos était myope, c'est pour ça qu'il portait ces verres de cul de bouteille, mais quand il

142

parlait avec les amis, il enlevait ses lunettes et regardait dans les yeux. Et son regard ne mentait pas.

— Dis-lui quels ont été ses dernières mots, demanda Susana.

— Ses derniers mots. On dirait une blague. Il est sorti du coma quelques minutes avant de mourir. Il m'a pris la main et m'a dit : " Merde, merde, le Turc, je n'ai pas réparé ton frigo. " Tu comprends ? Si Carlitos n'avait pas eu la conscience tranquille, il ne serait pas mort en pensant à mon frigo.

Susana se leva pour servir des clients et ouvrit les fenêtres qui donnaient sur la rue. Dehors, le vent était tombé et l'absence de poussière permettait de voir le trottoir d'en face. Plus rien ne s'interposait entre les gens et la paisible nuit de la Patagonie.

Dix

" Laissez la bouteille ", dis-je au garçon qui vient de me servir un verre de rhum. Je bois. Un léger réconfort atténue l'épuisement et la torpeur provoqués par l'air chaud et humide qui vient de la forêt.

Je suis à Shell, une localité pré-amazonienne d'Equateur, dans un bar sans portes ni fenêtres. Je regarde dehors, et je vois les palmiers de l'unique rue, immobiles et léthargiques, eux aussi, sous un ciel sans nuages.

Un ciel idéal pour s'envoler avec le capitaine Palacios. Mais quel était son prénom ? Pour les gens d'ici, l'aviateur qui tuait les heures à terre en se balançant dans un hamac et en vidant des bouteilles de rhum San Miguel était simplement le capitaine Palacios. Et on l'appelait ainsi dans les centaines de hameaux et de localités amazonniennes où il se posait avec son petit zinc déglingué. Et son associé ? Comment s'appelait son associé ?

J'avais fait leur connaissance un soir où je devais aller, en avion, de Shell à San Sebastian del Coca. Un camion me laissa au bord de ce qui ressemblait à une grande rue. A peine étais-je descendu que mes pieds s'enfonçaient dans la boue, et je vis que je n'étais pas seul, des porcs s'y vautraient avec délices.

— Comment on va à l'aéroport ? demandai-je au camionneur.

— Vous y êtes, *man*. Tout ce qui longe le chemin c'est l'aéroport, dit-il en me montrant un vaste champ de boue.

Sur un côté du champ se dressait un bâtiment en bois au toit de tôle. Je me mis à marcher dans cette direction et à mesure que je m'approchais j'entendais la voix d'un chroniqueur sportif qui commentait un match de football.

Le bâtiment avait des portes coulissantes qui étaient ouvertes. A l'intérieur, un mulâtre corpulent observait des pièces métalliques plongées dans un bidon d'huile. D'une main il remuait lentement les pièces, laissant à l'essence le soin d'enlever la calamine, et de l'autre il tenait un long cigare. Ses hochements de tête manifestaient un désaccord absolu avec les propos du commentateur. Une toile verte tendue d'un mur à l'autre séparait le bâtiment, en cachant sa partie arrière. Le mulâtre me regarda d'un œil indifférent et reporta toute son attention sur le match de football.

— Bonjour, saluai-je.

— Pas si bon que ça. Qu'est-ce qu'il y a pour votre service, *mister* ?

— Je dois aller au Coca. Vous pouvez me dire comment on fait ?

— Sûr. Pour décoller, il vous suffit d'agiter les bras, de courir pour prendre de l'élan et de replier les pattes. Autre chose ?

— Soyez sympa. Je dois vraiment aller au Coca.

— Bien sûr, *mister*. Voyez avec le capitaine Palacios.

— Où on le trouve ?

— Où voulez-vous qu'il soit ! Au bar de Catalina. Vous n'avez qu'à patauger dans la gadoue jusqu'au bout de la rue. Faites gaffe aux porcs. Ce sont des vicelards.

Le bar de Catalina était une cabane d'une trentaine de mètres carrés. Le comptoir était au fond et, devant, des hommes buvaient et parlaient affaires. Au centre de la pièce était suspendu un hamac en jute, occupé par un type aux cheveux blancs qui dormait à poings fermés. A côté, une femme et un homme attendaient, avec une expression d'infinie patience, en se balançant sur leur chaise à bascule. La femme tenait sur ses genoux un sac d'où émergeaient deux têtes de porcelets. L'homme avait les pieds posés sur une cage en fer, dans laquelle un coq aux yeux furibonds regardait avec haine les deux petits cochons.

— Je cherche le capitaine Palacios, dis-je à la femme qui servait.

— Le voilà, jeune homme, me répondit-elle en me montrant l'occupant du hamac.

— On peut le réveiller ?

— Ça dépend pour quoi. Il devient méchant quand on le réveille sans raison.

— Je dois aller au Coca..

Je ne pus en dire davantage. La femme aux porcelets bondit et se mit à secouer le hamac.

— Qu'est-ce qu'il y a, bordel ? maugréa celui qui venait d'être arraché à son sommeil.

146

— Un autre passager. Le compte est bon maintenant. On peut décoller, dit la femme sans cesser de secouer le hamac.

Le capitaine Palacios s'étira, se frotta les yeux, bâilla et enfin descendit du hamac. Il ne mesurait guère plus d'un mètre soixante et portait une vieille combinaison de pilote, de celles qui sont couturées de fermetures éclair.

— Comment est le temps ? demanda-t-il sans s'adresser à quelqu'un en particulier.

— De merde, répondit un type au comptoir.

— Ça pourrait être pire. Allez, on décolle, lança Palacios.

Il sortit du bar d'un pas assuré, suivi par la femme aux porcelets, l'homme au coq et moi-même. A l'aéroport, le mulâtre qui m'avait envoyé au bar était encore absorbé dans le nettoyage des pièces et le match de football.

— Eh, collègue, encaisse, ordonna Palacios dès que nous fûmes entrés.

— Quoi ? Vous allez voler avec un temps pareil ? observa le mulâtre en montrant le toit.

Dehors, des nuages gris annonçaient l'orage.

— Si les urubus volent, horribles comme ils sont, je ne vois pas pourquoi je ne pourrais pas en faire autant, répliqua Palacios.

— Têtu comme une mule. Bon, vous autres donnez-moi vos noms. Histoire d'identifier les cadavres en cas d'accident. C'est deux cent cinquante sucres par tête, indiqua le mulâtre.

La femme aux porcelets se rendait à Mondaña, un hameau de colons à quatre-vingt-dix kilomètres de Shell,

147

où on pouvait accéder par d'autres moyens : à pied jusqu'à Chontapunta, puis en canoë par le rio Napo, à condition que le temps soit clément et que l'on soit assez patient pour faire un voyage de deux à trois jours.

L'homme au coq allait à San José de Payamino, un village au bord du rio Payamino. Les combats de coqs de San José de Payamino sont célèbres en Amazonie. On y parie gros et bien des fortunes amassées par les chercheurs d'or au long de dures années de travail, consacrées à détruire la forêt et leurs propres vies, passent du sang du coq vaincu aux poches des parieurs professionnels. L'homme allait tenter sa chance avec son champion. C'était une machine à tuer ce petit coq cuivré. C'est du moins ce qu'affirmait son maître, précisant que la semaine précédente il avait étripé huit adversaires à Macas. Il aurait pu faire le voyage à pied et en bateau mais cela lui aurait pris cinq jours. Trop fatigant pour le coq.

— Qu'est-ce que vous attendez ? Allez, il faut tirer ! ordonna Palacios en tirant la toile verte. L'avionnette était là. Un vieux Cessna fané de quatre places.

Les trois hommes et moi avons tiré le zinc jusqu'à la piste par des cordes nouées au train d'atterrissage. J'ai regardé les impressionnants rafistolages du fuselage, et j'ai ressenti comme jamais auparavant la force du repentir, mais je devais aller au Coca, à cent quatre-vingts kilomètres de Shell, et le chemin le plus court était celui des airs.

Je montai à bord en me répétant, en guise de prière, " ces avions sont sûrs, très sûrs, absolument sûrs " Je pris le siège du copilote. Dans mon dos les porcelets grognaient, nerveux. Le coq se montrait indifférent aux préparatifs du décollage.

San Sebastian… San Sebastian… répondez…

Le capitaine Palacios parlait dans un micro. Il reçut pour toute réponse une série de sifflements. Après avoir actionné des manettes, ce qui n'eut pour effet que d'augmenter le volume des sifflements, il raccrocha le micro.

— Je t'avais dit d'arranger ce bidule. Je te l'avais pourtant dit.

— Cette saloperie est foutue. Je suis mécano, moi. Les miracles c'est pas mon rayon, précisa le mulâtre.

— Bon ! On n'y peut rien . Après tout ils nous verront arriver.

Lorsque l'avionnette s'ébranla dans la boue, je jetai un regard sur le tableau de bord et j'eus envie de sauter à terre. Je n'avais jamais vu un tableau de bord aussi rudimentaire. Au milieu de trous vides et des cables enchevêtrés, restes probables d'instruments de navigation, on voyait osciller l'aiguille de l'altimètre et celle du réservoir de carburant. L'" horizon ", indicateur de stabilité, qui doit être parallèle au sol, était presque à la verticale.

— Dites… l'horizon ne fonctionne pas, dis-je en dissimulant ma panique.

— Aucune importance. Le ciel est en haut et le sol en bas. Tout le reste c'est des conneries, conclut Palacios.

Nous décollâmes. L'avion s'éleva à cent cinquante mètres et se stabilisa en douceur. Nous volions sous un plafond de gros nuages gris. L'air chaud de l'orage envahit la cabine. Je constatai avec un certain soulagement que la boussole fonctionnait : nous allions bien en direction du nord-ouest. Vingt minutes plus tard, nous aperçûmes la ligne verte et sinueuse d'une rivière.

– Regardez le spectacle ! Le Huapuno ! s'exclama le pilote. Nous entrons en Amazonie.

– Je croyais que le territoire amazonien commençait beaucoup plus à l'est, lui fis-je remarquer.

– Conneries des politiciens. L'Amazonie commence avec les premières gouttes qui se jettent dans le grand fleuve. Qu'est-ce que vous avez perdu au Coca, *man* ?

– Rien. Je vais voir des amis.

– Ça c'est bien. Il ne faut jamais oublier les amis. Même s'ils sont en enfer, il faut aller les voir. Je pensais que vous étiez un *garimpeiro*[1]. Et moi je n'aime pas les *garimpeiros*.

– Moi non plus je ne les aime pas.

– C'est un fléau. A la moindre rumeur d'une merde brillante, ils accourent par milliers. Des fois j'ai envie de charger l'avionnette de gazs toxiques et de leur faire une fumigation. Comment vous trouvez le vol ?

– Jusqu'ici ça va. Je ne me plains pas.

Le plan de vol du capitaine Palacios était assez simple : il suivait sous les nuages le cours du Huapuno jusqu'à sa jonction avec l'Arajuno, où se formait une grande rivière coulant en direction du nord-est. En bas, la forêt était comme un gigantesque animal au repos, résigné à recevoir les trombes d'eau qui ne tarderaient pas à tomber.

– Vous n'êtes pas d'ici, *man*.

1. *Garimpeiro* : chercheur d'or.

– Non. Je suis chilien.

– Ah ! Deux fois ah !

– Qu'est-ce que vous voulez dire par là ?

– Que vous êtes venu ici, soit parce que vous êtes cinglé, soit parce que vous ne pouvez pas vivre dans votre pays. Les deux raisons me sont sympathiques. Regardez les flamants, là-bas, vous avez déjà vu des oiseaux aussi beaux ?

Il avait raison sur toute la ligne : seul un cinglé serait monté dans un tel zinc, je ne pouvais pas, en effet, vivre dans mon pays et en bas, sur une lagune formée par les débordements du Huapuno, une multitude de magnifiques flamants attendaient l'orage.

Au bout d'une heure de vol, nous aperçûmes une clairière sur la rive ouest du Napo, où se dressaient quatre ou cinq maisons de bambou et de palmes. C'était Mondaña. Nous descendîmes d'une cinquantaine de mètres et survolâmes le village en décrivant des cercles.

– Ne vous inquiétez pas. C'est pour laisser le temps aux gars de préparer la piste.

En bas, des gens coururent vers la plage, enlevèrent branches et pierres et, agitèrent les bras pour nous faire signe que nous pouvions descendre. Palacios démontra qu'il était capable d'atterrir sur un mouchoir de poche.

Après avoir laissé la femme aux porcelets et reçu des commissions des habitants, nous attaquâmes notre deuxième décollage. Palacios conduisit l'appareil au bout de la plage, il prit de la vitesse et nous décollâmes presque au ras de l'eau. Quelques minutes plus tard nous suivions le cours du Napo.

– Encore nerveux, *man* ? demanda Palacios sur un ton amusé

– Moins qu'au début. Il y a longtemps que vous volez ? Je vous le demande parce que le décollage sur la plage m'en a mis plein la vue.

– Moi j'étais mort de trouille, dit l'homme au coq à l'arrière de la cabine.

– Longtemps ? Trop. J'ai oublié, répondit le capitaine Palacios.

– L'avionnette est à vous ?

– A moi ? Disons qu'on s'appartient l'un l'autre. Moi, sans elle je ne saurais pas quoi faire, et elle sans moi n'irait nulle part. Regardez comme il est beau le Napo. A cet endroit, il inonde deux fois par an de grandes étendues de forêt et on y pêche des bagres énormes.

– C'est vrai. Il n'y pas longtemps, j'en ai vu sortir un qui pesait cent quarante livres, dit l'homme au coq.

– Pourquoi ces questions sur le zinc ? Vous vous y connaissez en avions ?

– Un peu. Le moteur a un joli bruit.

– Et comment, *man* ! J'ai un bon mécanicien. Le mulâtre que vous avez vu à Shell est mon associé et c'est lui qui se charge de tout ça. Cet appareil appartenait à des curés qui ont fait un atterrissage forcé près de Macas. Ils se sont posés sur la cime des arbres et l'y ont laissé. Nous, on l'a racheté au prix de la ferraille et quelques mois plus tard il volait de nouveau.

La piste d'atterrissage de San José de Payamino était une vaste clairière ouverte à la machette. Elle servait en outre de terrain de football, de marché et de grand-place.

Nous y avons déposé l'homme au coq, je lui ai souhaité bonne chance, nous avons fait le plein de carburant et nous avons continué le voyage en survolant le Payamino jusqu'à ce que ses eaux s'unissent à celles du Puno et, plus tard, toujours cap au nord-ouest, alors que nous survolions Puerto San Francisco de Orellana, nous avons vu le Puno et le Coca déboucher dans le grand Napo, qui s'incurve vers le sud-ouest. Ses eaux parcourent mille trois cents kilomètres avant de se jeter dans les flots impétueux de l'Amazone.

Pendant la dernière étape du vol, l'aviateur m'a raconté quelques anecdotes de sa vie. Il avait été pilote à la Texaco, très bien payé, jusqu'à ce qu'il découvre un jour qu'il n'aimait pas les gringos et qu'il était amoureux de l'Amazonie.

– C'est comme une femme, *man*. On l'a dans la peau. Elle ne demande rien, mais on finit par faire tout ce qu'on croit qu'elle demande.

A San Sebastian del Coca nous avons continué à parler et, après une nuit de bringue, où nous avons bu du rhum jusqu'à plus soif, nous avons décidé que nous pouvions être amis. Et quels amis ! Il m'a fait connaître d'en haut les régions de l'Amazone les plus fascinantes et les plus secrètes et les nombreux mystères de ce monde vert qu'il connaissait mieux que lui-même. Et quand, des années après notre premier vol, je suis retourné là-bas pour faire une série de reportages sur la dévastation criminelle de la forêt amazonienne, j'ai retrouvé le capitaine Palacios, prêt à m'emmener partout où je voulais.

153

Je l'ai vu pour la dernière fois dans le Pantanal, entre le Brésil et le Paraguay, dans le bas Mato Grosso. Nous nous sommes séparés dans l'euphorie du rhum partagé rituellement entre amis et la satisfaction d'avoir fait un bon travail en filmant un documentaire sur l'extermination des *jacarés*, les caïmans d'Amazonie, dont la peau finit dans les défilés de mode en Europe. Toute l'équipe qui avait participé au tournage reconnut que, sans le concours du capitaine Palacios, c'eût été une mission impossible.

— A la prochaine, *man*. Je n'ai pas besoin de vous dire de revenir. Maintenant, vous avez vous aussi l'Amazonie dans la peau et vous ne pourrez pas vivre sans elle. Et s'il faut encore emmerder ces salopards qui la détruisent, vous savez où me trouver.

Et je l'ai cherché. Avant de m'asseoir dans ce bar et de demander la bouteille de rhum que je vide lentement, je l'ai cherché jusqu'à la fatigue. Je ne l'ai pas trouvé. Pas plus que son associé, le mulâtre. Quelqu'un m'a dit qu'ils avaient décollé vers une destination inconnue et qu'ils n'étaient pas revenus. Celui qui me l'a dit n'avait pas un souvenir précis de l'époque de leur disparition. La vie et l'oubli se succèdent trop rapidement dans cette région du monde.

Que sont devenus ces deux magnifiques aventuriers ? Celui dont je n'ai jamais su le prénom ? Celui qui m'a toujours dit " vous " et appelé *man* ? Mon ami, le capitaine Palacios.

Dernière partie
Notes sur l'arrivée

Quelqu'un me tapota l'épaule.

— Réveillez-vous, nous sommes à Martos.

J'eus un peu de mal à reconnaître le chauffeur et à admettre que je me trouvais dans un autobus. Il n'y avait pas plus d'une heure que j'y étais monté, à Jaén, et à peine avais-je appuyé la tête contre le dossier du siège que je m'étais endormi comme une souche.

— Martos ?

— Mais oui, Martos.

En sortant du bus, je sentis le soleil de midi qui cognait à coups de gourdin. Il n'y avait pas un seul nuage ni le moindre souffle d'air. Les rues offraient la blancheur immaculée de leurs maisons ornées de persiennes vertes et on voyait partout des pots débordants de mes plantes préférées : les humbles et résistants géraniums.

Les rues étaient vides, et je savais que c'était normal à l'heure de la canicule. D'une maison s'échappait le son d'une radio et je marchai au hasard entre les murs blancs jusqu'à une fontaine.

Un mince filet d'eau coulait d'un tuyau, troublant paisiblement la surface du bassin. Je bus dans mes mains de cette eau pure et froide, réconfortante et à la saveur de pierre, qui descendait des montagnes à la rencontre des assoiffés, puis poursuivait sa course jusqu'aux racines des oliviers alignés sur les collines.

En buvant je vis dans mon image reflétée des traits inconnus mais pourtant familiers. Je me penchai sur l'eau et lentement mon visage se mit à ressembler à celui de mon grand-père.

— Je suis arrivé, Pépé. Je suis à Martos.

Le vieux me regarda de ses petits yeux malicieux et lança une de ses phrases sans appel.

— Nul ne doit avoir honte d'être heureux.

Je sentis alors que la fatigue du voyage me faisait trembler et me brouillait la vue. Je plongeai la tête dans la fontaine et me remis aussitôt en marche.

J'arrivai sur une petite place où il y avait un bar. J'entrai. Les cinq ou six clients accoudés au comptoir m'observèrent quelques secondes et poursuivirent leur conversation animée.

— Qu'est-ce que vous prenez ? me demanda le serveur.

— Je ne sais pas. Qu'est-ce qu'on boit à Martos à cette heure ?

— Un vin, une pression. C'est selon...

— Donne-lui un *fino*[1], Manolo, dit un client.

Le serveur me remplit un verre, je goûtai ; il y avait dans ce vin le soleil qui brillait dehors. Je vidai le verre avec un plaisir non dissimulé.

1. Jerez.

— C'est bon, hein ? fit le serveur.

— Fameux.

J'avais envie de parler avec ces hommes, de leur dire que je venais de très loin à la recherche d'une trace, d'une ombre, du minuscule vestige de mes racines andalouses ; mais je voulais aussi les écouter, me remplir de cet accent très marqué, un peu fruste, dépouillé des inflexions chantantes des Andalous de la côte.

Deux nouveaux clients entrèrent en bavardant. Ils commandèrent deux verres de vin rouge. L'un d'eux leva le sien sans dire un mot, mais d'un geste éloquent qui valait mieux qu'un discours. L'autre fut plus loquace :

— Santé !

Ils burent avec des gestes liturgiques. Puis, en reposant le verre sur le comptoir, celui qui avait parlé se passa le dos de la main sur les lèvres. Le monde était en paix. La vie ne pouvait être plus harmonieuse. Ils reprirent leur conversation.

— Comme je te l'ai dit, cette histoire de tomates peut être une bonne affaire. Si on sait s'en occuper, bien sûr.

— Et cet idiot qui me trouve maintenant des rhumatismes ! Des rhumatismes, moi ! Je voudrais bien voir ça.

— Les Hollandais font fortune avec les tomates, mais tu peux me dire toi, d'où ils sortent le soleil, les Hollandais ?

— Et il faudrait que je fasse une cure thermale. Il peut se la foutre au cul ! Ces médecins du travail nous prennent pour des fils à papa. Putain !

— Une bonne tomate ne peut pas pousser en cage. Tu as vu les tomates de Torredonjimeno ? Le soleil et l'eau c'est tout ce que demandent les tomates.

— Un bon emplâtre et fini la douleur. Tout le reste c'est du baratin. Merde, il est tard.

— Allez, Pépé. C'est l'heure de manger. Donne le bonjour à ta bourgeoise. Il faudrait qu'on se revoit pour continuer à parler de tout ça. Et prends soin de toi.

— Oh, tu connais la chanson.

— A qui le dis-tu !

Celui qui apparemment n'avait pas de rhumatisme sortit et brusquement je me rappelai des paroles de mon grand-père.

— Excusez-moi, il y a ici un bar qui s'appelle le bar des Chasseurs.

— Pas que je sache, dit le serveur.

— Mais si ! dit le planteur de tomates.

— Voyons. Il y a celui de Miguel, le Castillo, la Peña…

— Manolo, rappelle-toi. Comment s'appelait ce bar autrefois ?

— Il a eu plusieurs noms. Laisse-moi réfléchir.

— Jusqu'en 1950, il s'appelait le bar des Chasseurs. Putain, vous oubliez tout.

— Je suis né en 1952. Comment tu veux que je sache.

— Il a raison, intervint un autre client, ça s'appelait le bar des Chasseurs. Dehors il y a encore deux crochets près de la porte. A l'un on suspendait les gibecières et à l'autre les fusils. Je m'en souviens bien.

Je me trouvais donc probablement au même endroit où mon grand-père, se jetait derrière la cravate des verres de *fino*.

Une fois cette histoire de bar des Chasseurs éclaircie, les hommes m'observèrent avec une curiosité non dissimulée et je leur racontai pourquoi j'étais ici. Je leur parlai de mon grand-père et de mon long voyage jusqu'à Martos. Pendant que je parlais, certains téléphonèrent chez eux pour dire qu'ils ne rentreraient pas manger et d'autres firent de même en utilisant des gamins qui étaient entrés pour acheter des glaces. Le patron pour ne pas en perdre une miette mit des bouteilles de tout ce qu'on pouvait boire sur le comptoir. Quand j'eus terminé, ils se regardèrent les uns les autres.

— Quelle histoire, le Chilien ! Quelle histoire ! Il y a quelqu'un qui porte ton nom. Il habite pas loin d'ici. C'est un vieux, je crois qu'il s'appelle Angel, dit l'homme des tomates.

— Et comment ! Il s'appelle Angel et il a une femme mais je crois qu'il n'est pas de Martos. Il est de Ségovie, affirma un troisième.

— Don Angel vit ici depuis toujours, dit l'homme aux tomates.

— Tu sais quand est né ton grand-père ?

— Oui, je connais la date.

— Ce qu'on doit faire, c'est demander au curé. Lui, il connaît l'histoire de Martos mieux que n'importe qui.

— Normal ; il se mêle de tout.

— C'est son boulot. Le pâtissier fait des gâteaux et le curé papote avec les vieilles.

— A l'heure qu'il est, il doit être en train de manger et il ne répondrait même pas au Christ ;

— On peut attendre. Manolo, si tu nous donnais des *tapas* ?

161

A quatre heures de l'après-midi, nous avions réglé son compte à un demi-jambon et liquidé les omelettes. D'autres hommes se joignirent au groupe, rapidement informés par ceux qui avaient entendu l'histoire.

Sous la houlette du planteur de tomates, nous nous apprêtions à rendre visite au curé, mais avant je voulus payer la note.

– Quelle note ? Avec ton histoire on a passé un bon moment, meilleur que devant la télé. Attendez, moi aussi je viens chez le curé, déclara le serveur.

Le curé était pour le moins septuagénaire ; un curé à soutane. Nous le vîmes sortir tout agité à la rencontre du groupe qui perturbait la paix de son église.

– Vous avez perdu quelque chose par ici ?

– Tranquillisez-vous, monsieur le curé, nous n'avons que de bonnes intentions.

– Je demande ça, parce que je ne vous vois jamais à la messe.

Le type des tomates, désormais reconnu comme porte-parole du groupe, exposa au curé mon histoire et les motifs de la visite. Alors le curé nous fit entrer dans une pièce très haute, les murs couverts de livres aux reliures anciennes. Il ne lui fallut pas longtemps pour trouver l'acte de baptême de mon grand-père.

– Approche-toi, dit le curé.

Ce folio datait de plus d'un siècle. Il y avait le nom de mon grand-père et ceux de mes bisaïeuls. Gerardo del Carmen, fils de Carlos Ismael et de Virginia del Pilar. Ce document témoignait du premier acte public d'un homme auquel convenaient parfaitement les vers de

162

Cesar Vallejo : " Il est né tout menu en regardant le ciel, puis il grandit, rougit, lutta avec ses cellules, ses faims, ses morceaux, ses non, ses encore... ", et qui tout au long de sa vie allait connaître la persécution, la prison et l'exil pour ses idées libertaires.

— Ils ont raison, dit le curé en me raccompagnant à la porte. Prends cette rue qui s'appelle rue de la Vierge jusqu'au numéro 12. C'est là que vit Angel, le frère cadet de ton grand-père, le seul survivant des cinq frères. Tu devras crier parce qu'il est sourd comme un pot. Que Dieu te bénisse de l'avoir retrouvé. C'est un miracle.

A la sortie de l'église la rumeur du miracle s'était déjà répandue et des petites vieilles se signaient sur mon passage. Suivi par un cortège, je gravis la rue de la Vierge et m'arrêtai devant le numéro indiqué.

C'était une maison comme toutes les autres, blanche avec une grande porte en bois vert. Je n'osais pas frapper et mes accompagnateurs se tenaient immobiles et silencieux. En regardant ces visages tannés par le soleil, il me sembla que la situation avait quelque chose d'une tragédie, mais je ne m'en expliquais pas la raison.

Des années plus tard, quand je sus tout ce que je devais savoir au sujet de Martos, je compris que dans cette région, la plus appauvrie – mais pas pauvre – d'Andalousie, les hommes prenaient tôt ou tard le chemin de la côte et ne revenaient jamais. Et si l'un d'eux le faisait, c'était toujours en vaincu.

— Qu'est-ce qui vous arrive bande de curieux ? Vous n'avez rien à faire ? lança l'homme des tomates. Et le petit groupe commença à repartir.

— Allez. Retournez à vos affaires, sinon le soleil va vous dessécher encore plus la citrouille, ajouta un autre.

— Tu passeras au bar, hein ? dit le serveur en prenant congé.

Ils me laissèrent seul devant la porte. Avant de frapper, ie passai la main sur la surface rugueuse. Elle était très chaude. La couleur vert sombre attirait et conservait la chaleur. Je laissai ma main sur le bois espérant que cette énergie remplirait mon corps et me donnerait assez de courage pour frapper. Mais je n'en eus pas besoin car soudain la porte céda sous la pression de ma main.

Je poussai et je vis le vieillard.

Il dormait paisiblement, installé sur une chaise longue à l'ombre d'un citronnier. La porte ouvrait sur un patio dallé, au fond duquel se dressait la maison blanche et on voyait partout des pots de géranium. A côté du vieux il y avait une table et sur la table un verre d'eau et des morceaux de sucre. Je cherchai sur les dalles une trace de mon enfance et la trouvai, sous la forme de deux ou trois mouches écrasées, séchées par le soleil.

Mon grand-père s'adonnait à la même distraction : il mettait un peu de sucre à la bouche, buvait de l'eau et aussitôt crachait le mélange. Puis il levait un pied au-dessus du piège et attendait que les mouches arrivent. Et splatch !

— Oh ! Gerardo ! Comment peux-tu être aussi méchant ? protestait ma grand-mère.

— Je rends service à l'humanité. Si ces bestioles évoluent, elles risquent de se transformer en curés ou en militaires, répondait le grand-père.

En prenant soin de ne pas troubler cette paix, je m'accroupis à côté du vieillard. Il dormait, la tête légèrement inclinée sur l'épaule. Par moments, ses lèvres et ses sourcils remuaient. Quelles images peuplaient ses rêves ? Parmi elles, peut-être, celle de son frère Gerardo, jeune, en train de ramasser des olives ; ou ils descendaient ensemble la colline vers Jaén un dimanche de corrida, ou encore ils se penchaient au bord du rocher de Martos, d'où on précipitait autrefois les condamnés.

Le visage sillonné d'une infinité de rides et clairsemé d'une barbe blanche paraissait en bonne santé. Le corps était mince ; les mains larges et les gros doigts trahissaient le paysan. Et il avait de longues jambes comme mon grand-père. De bonnes jambes de marcheur.

Brusquement, le vieux ouvrit les yeux. Je me vis reflété dans deux prunelles grises, brillantes d'intelligence. Il essayait de replacer mon image parmi ses souvenirs.

— Tu es Paquito, le fils de la laitière.

— Non, je ne suis pas Paquito.

— Je ne t'entends pas. Que dis-tu ?

— Non, don Angel. Je ne suis pas Paquito, dis-je en haussant la voix.

— Alors, tu es Miguelillo l'horloger. Il était temps que tu viennes, mon garçon.

— Don Angel, vous vous souvenez de votre frère Gerardo ?

Alors le regard du vieux me traversa la peau, parcourut mon squelette, franchit la porte, remonta la rue, descendit les coteaux et les combes, se posa sur chaque arbre, chaque goutte d'huile, tache de vin, trace effacée, chaque

ronde chantée, chaque taureau sacrifié à l'heure fati-
dique, chaque coucher de soleil, chaque ombre insolente
de tricorne, chaque nouvelle venue du bout du monde,
chaque lettre qui n'arrivait plus, putain de vie, et le
silence prolongé jusqu'à ce que l'éloignement devînt
absolu.

— Gerardo... un qu'on appelait El Culebra ?

Insaisissable, mon grand-père. Redouté et recherché. Il
changeait de peau et de nom pour abriter un même
amour insurgé.

— Oui, don Angel. On l'appelait comme ça.

— Mon frère... un qui est parti en Amérique ?

Oui. Un qui est parti en Amérique. Un parmi tant
d'autres qui montèrent à bord de bateaux le cœur plein
d'espoir. Des Espagnols qui, quatre siècles après l'invasion armée de l'Amérique, partirent à la recherche de la
paix et furent les bienvenus, trouvèrent du bois pour
construire leurs maisons, de la bonne cire d'abeille pour
lustrer leurs tables, des vins secs pour inventer de nouveaux rêves et une terre qui leur a dit : on est d'où on se
sent le mieux.

Mon grand-père. Un qui partit en Amérique. Un qui
traversa la mer et trouva de l'autre côté des oreilles qui
attendaient sa voix : " Le contrat social est une infamie
des ennemis de l'homme. La nature nous a conçus pour
que nous réglions nos problèmes en dialoguant de
manière fraternelle. On ne peut réglementer ce que la vie
a déjà réglementé. " Voilà ce que disait mon grand-père,
quand j'étais enfant, lors d'une soirée du Secours
ouvrier, où je l'avais accompagné.

— Oui, don Angel. Un qui est parti en Amérique.

— Tu es mon frère ?

Au fond de moi, mon grand-père me poussait à répondre. « Dis-lui que oui et embrasse-le. Tous les hommes sont frères et dans la vulnérabilité de la vieillesse percent d'éternelles et fragiles vérités. »

— Non, don Angel. Votre frère Gerardo était mon grand-père.

Le visage du vieillard prit un air grave. Il se redressa, posa ses mains nerveuses sur les genoux et m'examina de la tête aux pieds, d'une épaule à l'autre. Va-t-il me demander mes papiers ? Ou que je m'ouvre la poitrine pour lui montrer mon cœur ?

— María, appela-t-il.

De la maison sortit une vieille femme toute vêtue de noir. Elle portait ses cheveux argentés noués en chignon et elle me regarda d'un air affectueux. Alors, après s'être raclé la gorge, don Angel prononça le plus beau poème que la vie m'ait offert, et je sus que le cercle venait enfin de se refermer, car je me trouvais au point de départ du long voyage entrepris par mon grand-père. Don Angel dit :

— Femme, apporte du vin, mon neveu d'Amérique vient d'arriver.

Le vieux qui lisait des romans d'amour
Métailié, 1992
Seuil, « Points », n° P 70
À vue d'œil, 2002

Le Monde du bout du monde
Métailié, 1993
Seuil, « Points », n° P 32

Un nom de torero
Métailié, 1994
Seuil, « Points », n° P 237

Histoire d'une mouette et du chat
qui lui apprit à voler
illustré par Miles Hyman
Métailié/Seuil, 1996

Rendez-vous d'amour
dans un pays en guerre
et autres histoires
Métailié, 1997
Seuil, « Points », n° P 622

Journal d'un tueur sentimental
Métailié, 1998
Seuil, « Points », n° P 986

Yacaré
Métailié, « Suites », 1999

Les Roses d'Atacama
Métailié, 2001
À vue d'œil, 2002
Métailié, « Suite », 2003

Histoires d'amour d'Amérique latine
Métailié, 2002

La Folie de Pinochet
Métailié, 2003

Achevé d'imprimer en octobre 2003 par
BUSSIÈRE CAMEDAN IMPRIMERIES
à Saint-Amand-Montrond (Cher)
N° d'édition : 31549/5. - N° d'impression : 035001/1.
Dépôt légal : mars 1998.
Imprimé en France

Collection Points

DERNIERS TITRES PARUS